她的人生充滿痛苦，
而且那種痛苦永遠不會有獲得回報的一天。
既然如此，趁早斬斷那樣的連鎖，才是——

——刺客的慈悲。

Assassin's Pride

刺客守則 1

ASSASSINSPRIDE

暗殺教師與無能才女

「騎兵團的制服實在太適合他了！」
「殘暴的型男教師……」
「整個散發出『我就是能幹，有意見嗎？』的氛圍呢。」
「那麼，先從基本型的演技開始。就算弄錯也無妨，請試著表演到最後。」
庫法・梵皮爾
隸屬於軍方情報組織「白夜騎兵團」的特工。以梅莉達的家庭教師兼刺客的身分，被派遣至安傑爾家。

涅爾娃・馬爾堤呂
馬爾堤呂伯爵家的千金，擁有鬥士位階的能力者。會欺負梅莉達。
「好……好的——喝！」
「配……配給梅莉達・安傑爾真是太糟蹋這位老師了！」
梅莉達・安傑爾
雖出生於公爵家，卻沒有瑪那能力的少女。聖弗立戴斯威德女子學院一年級學生，在學校受到鄙視，被稱為「無能才女」。

「……老師完全沒把我
當成女孩子看待呢。」
「我也覺得很難為情，
只是平時有訓練自己
喜怒不形於色而已。」
「如……如果你
當真覺得難為情，
為什麼要做這種事呢？」

「彼此都是安傑爾家千金的家庭教師，希望今後可以融洽相處呢！」
「……對不起，莉塔。」
愛麗絲・安傑爾
梅莉達的堂姊妹，是公爵家分家的千金。與梅莉達不同，擁有符合公爵家地位的聖騎士位階與強大實力。稱梅莉達為「莉塔」。
蘿賽蒂・普利凱特
雖是平民出身，卻具備罕見瑪那能力，是以史上最年輕年紀進入菁英部隊的天才。目前因故奉命擔任愛麗絲的家教。

「那就是！你們評為無價值的戰士身影！」
「那種戰鬥方式……根本完全是意識到在實戰中互相殘殺的戰法呀……！」

「——喝啊！」
梅莉達逃也不逃，擺出應戰姿勢，
她的瞳眸才驀地睜大，
便看見神聖的黃金火焰從她全身釋放出來。
她以最敏捷的速度揮起刀刃，突襲鎚矛的側面。

「老師……！」
「妳沒事真是萬幸。……我來遲了，十分抱歉。」
成長茁壯的她遲早會殺掉我嗎；
抑或我會在那之前先捨棄她呢？
無論是哪一種結局，我都會接受。
因為——那就是我這個……
Assassin's Pride
暗殺教師的誓約。

刺客守則

ASSASSINSPRIDE

暗殺教師與無能才女

1

天城ケイ

KeiAmagi

ニノモトニノ

illustration
Ninomotonino

Kadokawa Fantastic Novels

彩頁、內文插圖／ニノモトニノ

ASSASSINSPRIDE

CONTENTS

梅莉達・安傑爾

位階：不詳

HP	5	MP	0		
攻擊力	1	防禦力	1	敏捷力	2
攻擊支援	—	防禦支援	—		
思念壓力	0%				

主要技能／能力

無

綜合評價……【1-G】

※ 根據弗蘭德爾統一白刃戰能力測定基準制訂的能力表。
（節錄自聖弗立戴斯威德女子學院入學資料）

HOMEROOM EARLIER

「這還真是悽慘……」

青年不由得發出呻吟，將臉從羊皮紙上移開。眼前是連一盞燈光也沒有的玄關大廳，他一邊留意避免絆到看似頗高的椅子，一邊伴隨著嘆息邁出步伐。

「我從未見過低成這樣的能力數值，倒不如說，原來養成學校的成績評價中存在著『G』這種等級嗎？」

「噢，我也是頭一次知道喔。」

在青年身旁同行的男人吹著口哨，同時驀地抽走報告書。他眺望著淨是個位數的能力數值，發出「呵哈哈」的乾笑聲並吐出香菸的煙霧。

看來年過四十的這名男性，在軍務方面算是青年的上司。不過他一身邋遢的軍服打扮，加上一直留長沒修剪的頭髮，還有根本沒好好整理過，不修邊幅的滿臉鬍渣，將他的尊嚴貶落谷底。青年一臉不快地用手心揮開煙霧。

雖然青年結實的高挑身材醞釀出成熟的氛圍，但他年僅十七歲。當然，為了應付各種任務，別說香菸跟酒，他甚至被訓練成能嗑某種藥物，但他似乎不太喜歡這些成人的嗜好品。

玄關大廳的桌上並列著一排那種成人偏好的威士忌酒瓶，一瓶要價不曉得是青年幾個月份的薪水。但其中有幾瓶已經碎裂，裡面的酒灑落在地毯上。暖爐並未點著火，當然也沒有住戶的氣息。

大廳前方有通往二樓的螺旋梯與兩扇門，分別可通往晚餐室和接待室。上司以走路時使用的拐杖輕輕指向樓上，青年默默點頭。

他左手貼著別在腰間的漆黑之刀，同時率先踏上樓梯。

「算了，先別管詳細的能力值了。無論是最底層或什麼，還是要看她今後的成長狀況而定——不過，位階不詳，而且ＭＰ(MANA)為零是怎麼回事？」

青年轉頭看位於上司手中的報告書，順帶以犀利的眼神瞪著上司本身。

「我確認一下，這不是她幼年學校的入學資料吧？」

「當然不是。她在今年四月……也就是從三個月前起就讀歷史悠久的聖弗立戴斯威德女子學院。那是貴族千金齊聚一堂，貨真價實的瑪那能力者養成學校。令人驚訝的是這位梅莉達小姐打從出生至今，完全沒能發現過瑪那，當然也就仍不清楚她究竟隱藏著何種位階能力。」

「也就是說，她目前十三歲嗎……」

這實在令人難以置信。所謂的「瑪那」，一般會在七歲左右覺醒。

瑪那會授與能力者各式各樣的特殊能力，並將他們的身體能力提昇到超出一般人的程度，是只有被選中的貴族階級才能獲得的恩寵（Gift）——不，正好相反嗎？他們正因為擁有瑪那而被賦予貴族的特權，代價則是被迫扛起抵擋「外敵」的職責。

「而且說到安傑爾家，不就是三大騎士公爵家的『聖騎士』嗎！」

青年摻雜著驚嘆的聲音，迴盪在螺旋梯的樓梯井當中。

瑪那賦予人的特異能力，根據其方向性，可分類成十一種「位階」。

防禦力優異的「劍士（Fencer）」；攻擊力出色的「鬥士（Gladiator）」；在敏捷力方面可說無人能及的「武士（Samurai）」；還有在遠距離戰發揮其真正價值的「槍手（Gunnar）」、「魔術師（Wizard）」、「神官（Cleric）」與神出鬼沒，千變萬化的「舞巫女（Maiden）」和「小丑（Clown）」……

大半的瑪那能力者都隸屬於這其中之一的位階，身為貴族的爵位，則是根據當代當家立下的武勳來決定——除了僅有的三個例外。

那些特例便是所謂的三大騎士公爵家——無論身分或能力都與其他貴族有不同的特別待遇，冠有「聖騎士（Paladin）」、「龍騎士（Dragoon）」、「魔騎士（Diabolos）」之名的三個上級位階。

要說他們為何會受到特別待遇，那是因為這些位階非常強力且稀有。

畢竟隸屬於上級位階的僅有三家，與共有數十個以上姓氏的八個下級位階不同。繼承龍騎士位階的席克薩爾家；象徵魔騎士的拉．摩爾家，還有最後一個，繼承聖騎士血統的——便是梅莉達誕生的安傑爾公爵家。

瑪那寄宿在血液中，藉由血液傳承給後代子孫。因此貴族的小孩也會是貴族，而且一般認為身為貴族的血統純度，會強烈影響其潛在能力。

這種邏輯也是上級位階至高的原因。在他們的瑪那、他們的血液當中，具備不容侵犯的優勢，別說是下級位階的貴族，就算混入平民血統，生下來的小孩照理說也會無庸置疑地寄宿著上級位階的瑪那——……照理說是這樣。

但如同剛才的資料，那樣的常識遭到顛覆這件事，就代表——

「那位梅莉達小姐……並非安傑爾家的親生女兒……？」

「沒錯，她正被人懷疑有那種可能性。」

在上司低聲回應並點頭附和的同時，正好爬上最後一階樓梯，到達了二樓。

這裡果然也沒有住戶的氣息，瓦斯燈也全部被關掉。青年遵照上司拐杖的指示，前往左邊走廊，順帶接過上司遞出的一疊報告書。

「也就是說，可能有人把嬰兒掉包了？」

「不，聽說生產時有許多人在旁見證，被掉包的可能性似乎不大。」

「如此一來……」

與吞吞吐吐的青年相反，年過四十的上司乾脆地說出口。

「很簡單，那位梅莉達小姐很有可能並非安傑爾家現任當家菲爾古斯‧安傑爾的親生女兒，而是她母親梅莉諾亞‧安傑爾與外遇對象之間的私生子。」

「…………」

青年靜靜地看向下方，但只有報告書回以毫無感情的報告。

上司點燃新的香菸，同時彷彿在酒場閒聊似的繼續述說道：

「這份工作的委託人，是評議會成員之一的莫爾德琉武具商工會長莫爾德琉卿。他是梅莉諾亞‧安傑爾的父親，對梅莉達小姐而言是外祖父。以他的立場來說，是不可能認同嫁到騎士公爵家的自豪女兒，竟然讓聖騎士的血統中斷的。他無論如何都必須查明真相，因此才會像這樣抽絲剝繭地一一清查梅莉諾亞夫人的交友關係。」

「也就是說，這間宅邸的主人是外遇對象的『嫌犯』之一嗎？」

青年抬頭仰望依然像死城一般靜悄悄的宅邸天花板，他試著打開位於走廊途中的門扉，門後是籠罩在黑暗中的撞球室。

——這裡也是人去樓空嗎？青年感到不可思議地皺眉，同時一聲不響地關上門。

上司從懷裡拿出另一份折起的報告書，然後俐落地攤開。

「——寶石商人吉夫尼・艾爾斯涅斯。以前莫爾德琉卿拜訪吉夫尼的父親時，當時十一歲，跟著一起造訪的梅莉諾亞小姐閒得發慌。顧慮到這點的青年吉夫尼就秀了一手他擅長的鋼琴，梅莉諾亞小姐大受感動，畫了一幅吉夫尼的肖像畫作為回禮。兩人狀甚親密……似乎是這麼一回事。」

「就只是這樣，那是她十一歲時的事吧？」

青年不禁當真感到驚訝，只見上司也一臉厭惡的表情，將報告書收了起來。

「簡單來說，就是他走投無路到這種地步啦——梅莉諾亞夫人以前就讀寄宿學校時的朋友、學才藝的同儕、商工會的年輕男子，甚至他們各自的親戚！只要是曾與梅莉諾亞夫人交流過的人物，他們都一一去探查，但完全沒有挖到有力的情報！」

「既然都費心到這種地步，何不乾脆直接質問梅莉諾亞夫人……」

上司一臉無奈地搖了搖頭，打斷青年的臺詞。

「話雖如此，但她早在五年多以前就已經躺進墳墓了。」

「……這樣啊。」

「所以說！此刻正是你出場的時候！」

上司「啪」的一聲高聲敲響手掌，以像在演戲般的動作張開手臂。

「你的任務就是成為這個無能才女梅莉達・安傑爾小姐的家庭教師，協助並引導她覺醒為聖騎士，將她教育成符合騎士公爵家地位的女武神！」

「表面不行就從內在改革，是嗎？」

「沒錯。聽說莫爾德琉卿也屢次對她施加壓力，但似乎一點效果也沒有，結論是這方面需要專門的講師。」

「這點我明白了，不過……」

青年拿起數值慘不忍睹的能力表，一臉厭倦地嘆了口氣。

「……為什麼找我？倘若是任務，我也想就這樣加入身家調查那方。」

「不不不，除了你以外沒有其他適合的人選吧。你回想一下我們那淨是些奇人怪胎的部隊成員吧！這種細膩的任務實在無法託付給他們啊。就這點來說，你強大的表面工夫與裝乖的技術，可是無人能及！」

「好，我懂了。恕我拒絕。」

青年「砰」的一聲將報告書摔回上司胸前並轉身離開，軍服的衣角隨之擺動。他走向位於走廊盡頭的雙開門，於是上司用諂媚的聲音追纏上來。

「拜～託～你～嘛～這可是來自騎士公爵家的委託喔，你就當作是幫爸爸的忙～」

「你明明只是撿到我而已，不要只在對自己有利時才擺出父親的面孔，混帳老爹。」

「我知道了，ＯＫ，我們認真地討論吧，總之你先轉過來。」

並排在青年身旁的上司，摻雜著比手劃腳的動作，算是相當誠懇地向青年訴說。

「實際上，已經不是能夠讓你隨喜好挑選的階段啦，事態已經開始產生變化。」

「你的意思是？」

「是犯罪組織。梅莉達小姐無能的傳聞，慢慢地在國內傳開來了。如果只是成為悠閒的婦女們在社交場合聊天的話題倒還好，但似乎連危險分子都在探聽梅莉諾亞夫人外遇的真相。對於那些主張要廢除階級制度的傢伙來說，這起可能會動搖公爵家基礎的事件，看起來應該是非常美味的誘餌吧。」

「那還真是一點都不可怕。」

青年邊說邊到達走廊的一頭，他與上司並肩，同時推開雙開門。

一大群一臉就是罪犯模樣的壞人面孔，在門後齊聚一堂。

「「………………」」

對他們而言，青年與上司似乎也是預料之外的闖入者，有些呆楞的沉默在眾人之間持續了幾秒鐘。

那裡是書齋。書架整齊地排列在牆邊，還有坐起來似乎很舒適的椅子。身穿高級品牌燕尾服的男性坐在辦公桌前，上半身癱軟無力地倒在桌上。

然後有十幾個身穿高領黑衣的男人圍在燕尾服男性的四周。倘若在光明的社會上生活，絕不可能變成他們那種凹陷墮落的眼神。由氣氛可以得知，所有人都裝備著什麼武器。點亮的瓦斯燈耀眼的光芒，映照在刀刃上犀利地發亮。

香菸從上司的嘴裡輕輕地掉落，上司側目看著青年，虛情假意地笑道：

「……一點都不可怕對吧？」

話聲剛落，黑衣人們便一起將槍口對準青年與上司。

在十幾個扳機被扣下的同時，掛在青年腰上的刀，鞘口「鏘」一聲地作響。

青年的手臂速度極快地一閃而過。他以超越子彈的速度拔刀，將槍林彈雨般的槍擊一個不剩地反彈回去。在他砍飛最後一記子彈時，遲來的槍聲撼動鼓膜。

全身的肌肉嘎吱作響，青年以彷彿爆炸般的氣勢一蹬地板。

青年在突擊的同時砍掉一個人。他張開雙腳，宛如特技表演般地舞動，將左右兩邊的黑衣人切成碎片。呈螺旋狀飛濺的鮮血拍打臉頰，此時敵方集團才總算認識到青年的身影，同時察覺青年脫離常識的速度。

「可惡──」

其中一個黑衣人將槍口對準青年──就在那一瞬間，青年已經結束了攻擊。伴隨著青年膝蓋跪地的動作，三道劍光跟著一閃。橫掃脖子的一刀，從右肩砍向左邊腋下的斬擊，最後又往回砍的第三擊切斷了軀幹。

當鮮血從黑衣人全身噴灑出來時，青年再度一蹬地板，從原本蹲著的姿勢將上半身壓得更低，他靈巧地彎曲身體，在極為靠近地板之處奔馳。同時，速度快到模糊不清的刀自由自在地舞動，一一在那群黑衣人身上刻下致命傷。

就在青年一蹬地板，飛奔在牆壁上的途中，他將鞋尖卡進其中一個書架，然後順勢用力一踹，並排在書架上的書本便宛如彈幕一般飛出。被書本攻擊的黑衣人不由得掩護臉部，隨後便被從旁通過的青年砍斷了頭。

「還剩一隻！」

上司的號令讓青年有如反射動作般一蹬牆壁，奔馳在並排的椅縫間，同時無止盡地加速，以驚人速度射出的劍尖，刺向最後一個敵人的脖子——

鏘！敵人在劍尖刺中前一刻揮起的手臂，擋下了青年的刀。

令人驚訝的是，對方甚至是手無寸鐵，而是靠手臂本身防守。縱然青年使出全力硬推，也無法砍斷對方的手，不僅如此，對方還以驚人的臂力維持這短兵相接的局面——是個高手。

仔細觀察，可發現最後一個敵人的裝扮也和其他人不同。他宛如亡靈一般，身穿衣角破爛不堪的黑外套，壓低帽簷隱藏住真面目。身高與青年差不多高，真實身分八成是男性吧。

與預料的無異，對方從帽子底下以青年男子的聲音開口搭話：

「不到五秒就將我的部下……看那暗色的軍服，你們並非正規的騎兵團吧？」

「那你們又是哪裡的組織？看我現在就扯下你那可疑的黑外套。」

青年瞬間使出一記飛踢，以神一般的平衡感連續踢向黑外套男子的小腿肚、側腹與頭部左側。但就彷彿在敲打岩盤一般，對方不為所動。

既然如此，就在收腳時用腳跟對準他的臉——就在青年要攻擊對方的前一刻，有什麼東西纏上了軸心腳。

是從黑外套男子的袖口中伸展出來的繃帶。就在青年被拉倒在地板上的同時，黑外套男子高高抬起釘鞋。腳跟全力踩踏——粉碎了書齋的地板。

青年快了一步在地板上翻滾逃離，在黑外套男子的身後跳起了霹靂舞。青年的下半身在轉動的同時往上跳起，雙腳的腳跟接連不斷地猛烈攻擊黑外套男子的後腦杓。

倘若是一般程度的對手，這招就能讓對方昏倒，但縱然沉重鬱悶的衝擊聲響徹周圍，黑外套男子仍舊一動也不動。不過青年趁對方退縮了幾秒的空隙，拔出好揮使的匕首割斷左腳踝的束縛後，以霹靂舞的延伸動作跳向後方。

彷彿要接棒似的，上司站向前拔出槍身長且大把的左輪手槍，瞄準黑外套男子扣下扳機。但大口徑的子彈被從外套衣角冒出來的繃帶給彈開。

黑外套男子緩緩轉過身，幾條繃帶從袖口和衣角中飄出，隨風搖曳著。

那彷彿擁有意志的舉動與超乎常軌的咒力——即使用青年的黑刀也無法貫穿的防禦力的真相，應該就在於那奇妙的繃帶吧。青年手持刀與匕首，擺出二刀流的架勢，上司則是毫不鬆懈地將左輪手槍對準黑外套男子，像是感到有趣似的吐出香菸的煙霧。

「喲，小哥！在調查外遇啊，有發現什麼重要的情報嗎？」

「你說呢，你何不自己問問在那邊的屋主？」

黑外套男子丟下這句話後，便將高度及膝的桌子踢了過來。青年輕易地砍飛桌子，但敵人已經利用這段空隙跳向窗戶。

黑外套男子打破玻璃窗，發出巨大的聲響，他逃進黑暗之中。儘管青年立刻飛奔到窗邊，但已經遍尋不著目標的身影。

「能追上，要追嗎？」

「現在就算了——呼~那傢伙很強啊，只論能力的話，跟你不相上下喔。」

上司誇張地放鬆肩膀的力量，將槍身長且大把的左輪手槍收回懷裡。

青年仍保持著警戒狀態，揮了揮刀將血甩到地板上。這時他猛然驚覺到一件事。

「對了，艾爾斯涅斯卿他……」

上司一言不發地走近辦公桌，然後抓住趴倒在桌上的燕尾服男性的頭髮。他粗暴地拉起男性的頭窺探其臉部。隨即鬆開手，一臉無奈地搖了搖頭。

「已經死了。」

「……也就是說，艾爾斯涅斯卿『有罪』嗎？」

「這可難說。或許他是毫不知情地被拷問至死，也可能是在講出祕密後為了封口而遭到殺害——所以我說了吧，狀況已經迫在眉睫了！」

上司撿起掉落在門前的羊皮紙堆，將那些扔向青年。青年揮動單手接住那些紙，同時重新眺望寫在紙上的任務概要。

「梅莉達．安傑爾嗎……」

慘不忍睹的能力值，身為貴族卻無法使用瑪那的異端存在。以及要把這樣的少女培育成頂尖騎士的，委託人的無理要求……

此外值得注目的是任務期間。以家庭教師身分就任的預定，是從現在起約三年的期間。三年後，所有養成學校的畢業生將舉行一場統一淘汰賽，直到她在那場淘汰賽中留下一些成績，順利迎接聖弗立戴斯威德女子學院的畢業典禮為止，任務才告一段落——是前所未有的長期任務。

青年有種預感，這會是相當艱辛的三年，甚至讓人覺得現在這種情報行動太溫吞。

「……沒辦法，我確實接下這位無能才女——梅莉達・安傑爾小姐的家庭教師一職了。不過，還有件事我無論如何都很在意。」

「什麼事？」

「說到底，這個任務——為什麼會找上我們？倘若是梅莉諾亞夫人的身家調查也就罷了，家庭教師這種工作，交給表公會那些**正派部隊**的傢伙就行了吧。」

青年說出理所當然的疑問，於是上司搔了搔沾到敵人鮮血的臉頰，並點燃香菸。

「……怎麼會呢，這個任務無庸置疑地是適合你的工作喔。」

「這話什麼意思？」

「喂喂，你別裝傻啦！適合我們的工作，也就只有那麼一項吧。」

那場所充斥著黑暗。

被砍得傷痕累累的家具；大量散落在地的屍體；令人喘不過氣似的死亡氣味。

穿著凝聚夜色般的軍服，且全身染上夾帶濕氣的鮮血——

拄著拐杖的男人，嗤笑地這麼說道：

「——就是暗殺。」

LESSON：I　～金烏的覺醒～

插在大地上的巨大吊燈——那就是這世界的姿態。

人們抬頭仰望的天空沒有一絲光明。星星、月亮與太陽這些耀眼天體的存在，只在古代文獻中作為傳說流傳下來而已。也有許多學者認為那些是詩人的創作，因為昔日曾有一整片蔚藍天空在頭頂上閃耀著——此事實在令人難以置信。

在這個世界，從天頂到大地，乃至於大地盡頭為止，一切都籠罩在夜晚的黑暗之中。無法確定那裡究竟有怎樣的環境拓展開來，大地的總面積根本超乎想像範疇，是無法捕捉到任何色彩的完全黑暗……只有位於那黑暗的某個角落，高度從幾百甚至到幾千公尺的超巨大玻璃容器群，散發著輝煌的燈光。

那就是人類最後的都市國家——「提燈中的世界（弗蘭德爾）」。

提燈的直徑最大長達五公里，這個超級規模的玻璃容器名為「坎貝爾」，各自收納著街區。彷彿要包圍眾多特權階級所居住的「聖王區」般，二十四個坎貝爾密集排在一起，在金屬底座的支撐下整齊屹立的模樣，只能以吊燈形容。雖然尺寸相差甚遠。

在各個坎貝爾的中間架設著好幾層金屬製橋梁，橫跨橋梁上的鐵道是人們的移動工具。而此刻正好能看見一輛列車從開在聖王區邊緣的隧道中竄出，沿著幾百公尺長的高架鐵路往下移動到其他坎貝爾。

在那輛列車的二等客車靠後方的包廂中，一名青年不經意地眺望著窗戶，他將以莊嚴威容為傲的數十個坎貝爾盡收眼底，同時漫不經心地思考著。

究竟是何方神聖製作了這種不合理的建築物？就連去想像這點，都令人有所顧忌。

——青年這麼心想。

† † †

青年搭乘的列車終點是位於聖王區外圍的坎貝爾之一——卡帝納爾茲學教區。這裡有各種領域的大學櫛比鱗次，居民實際上有一半是學生，是弗蘭德爾首屈一指的學園城市。

時刻正值清晨，青年走下車，一到籠罩著白色蒸氣的月台上，他便一眼理解到這裡確實是屬於學生們的城市。

走下列車的人、搭上列車的人，以及在車站內來往交錯的乘客們，整體來說年齡層

LESSON: I 金鳥的覺醒

非常年輕。青年大口吸著清新的空氣，稍微整理已經穿慣的軍服。

青年從外衣口袋拿出描繪著城市大略地理位置的紙張。

說到卡帝納爾茲學教區的特徵，就是也被稱為「沉思尖塔」的美麗建築物們。彷彿是數學家、物理學家與藝術家同心協力所設計出來一般，幾百個尖銳屋頂井然有序地朝天聳立的景色，著實令人震撼不已。

青年的目的地是這個尖塔街景的最邊緣。

青年聽說梅莉達・安傑爾的宅邸就建在橫越城市的希姆斯水路岸邊。

從今天起的三年期間——青年作為一個家庭教師的生活，將在這個城市揭開序幕。

「跟聖王區的氣氛相差挺大的啊。」

青年將筆記的紙片收到口袋裡，同時輕輕用鼻子嗅了嗅。

「「感覺腦袋很聰明的氣味。」」

青年低喃的話語，出乎意料地與一個清澈高亢的聲音重疊。

青年猛然俯視身旁，於是跟同時抬頭仰望自己的人物四目交接。

是正走下車廂階梯的一名少女。少女看來比青年稍微年輕一點，大概十六歲左右吧。該說她的打扮是都會風格嗎，總之一眼就能看出少女十分注重儀容。

鮮豔的紅髮保養得十分柔順，纖細的肢體充滿魅力且苗條。宛如妖精翅膀一般花俏的裝扮，讓人聯想到從舞台上跳下來的舞者，或是從雜誌裡蹦出來的時尚模特兒。

這樣的少女當然吸引了周圍不少男性的目光，但她本人似乎對自己的魅力毫無自覺。少女對青年露出的稚嫩笑容，看起來要孩子氣許多。

「嘿嘿，我們講了一樣的話呢。」

「似乎是那樣呢——不對，呃——」

青年冷漠地回應，但隨即輕輕搖了搖頭。

從到達這座城市的瞬間起，任務就已經開始了。青年此刻的身分是前往騎士公爵家赴任的家庭教師，他必須貫徹家庭教師的面具，來應對以這個立場遇到的所有人。

在一瞬間後，青年便對紅髮女孩露出和藹可親的笑容。

「妳是來旅行的？」

「不，不是，是工作喔！這麼說你也是……」

「是啊，就如妳所見，我並非學生——我們走吧。」

青年自然地護送著少女前往列車前方的行李車廂。

於是就在這瞬間，豈止是周圍看紅髮女孩看入迷的男性，就連在車站內來往交錯的婦女們也臉頰泛紅，停下了腳步。攤開畫布的肖像畫家立刻拿起顏料與畫筆，貌似記者的西裝男性則是連連按下快門。

我們像這樣並肩行走的姿態有那麼像幅畫嗎？青年在內心一隅感到疑惑，紅髮女孩則與青年相反，她一副還沒察覺到周圍視線的模樣，泛紅的臉頰散發出雀躍的氛圍。

到達行李車廂後，青年先一步踏上車廂階梯。

「妳的號碼牌是？」

「咦，是幾號來著呢？呃…………找到了！」

青年若無其事地接過少女從裙子口袋拿出的號碼牌。他一個人進入行李車廂，出來時右手拿著自己的行李箱，左手則提著裝飾了許多飾品的可愛大旅行包。

「讓妳久等了，淑女。」

青年遞出旅行包，於是驚訝地張大嘴的紅髮女孩，有些興奮地大叫：

「好……好紳士啊！」

「這點小事是理所當然的。如果能幫妳提到目的地是最好……」

少女一臉惶恐地用力搖了搖頭，然後連忙接過旅行包。

一問之下，少女的目的地是卡帝納爾茲學教區最時尚的高級住宅區，與準備前往蕭條郊外的青年恰好是反方向。

離開車站後，兩人站在能夠將街道一覽無遺的大型長梯上。

宛如舞台的一幕場景般，兩人在長梯上互相握手。

LESSON: I ～金鳥的覺醒～

「其實我一個人原本感到非常不安……但才剛來這城市就能遇到親切的人，真是太好了！總覺得今後很多事情都能順利進行！」

「那真是太好了。那麼有緣的話，改日再見吧。」

「嗯，有緣再見嘍！絕對一定要再見面喔！」

少女用雙手握住青年的手掌，上下揮動好幾次後，先一步飛奔下樓梯。少女不時轉過頭來，紅髮跟著搖曳，她的手掌伴隨笑容對青年揮動。

青年輕輕地揮手回應，目送著少女逐漸遠離的背影……

「呼」——青年不為人知地嘆了口氣。

上司保證「無與倫比」的裝乖技術可不是浪得虛名。雖然有些悲哀，但在部隊成員當中，看來還是自己最適合這次的任務。

確認紅髮女孩的身影融入人潮裡消失後，青年也一手拿著行李箱，朝樓梯邁出步伐，準備前往目的地。

青年靠著筆記，走向呈放射狀延伸的街道之一。他穿過有著知性尖屋頂的建築物與眼神爽朗的學生們之間，筆直朝著郊外前進。

構成都市國家（弗蘭德爾）的二十五個坎貝爾本身——雖然正確來說是內部的街道，散發著能夠驅逐夜晚黑暗的鮮明光芒。光芒的真面目是等間隔高掛在街道上的路燈。充斥在玻璃窗內部的，特殊氣體的光輝。

也就是「太陽之血」。

那種液體燃料能夠從弗蘭德爾近郊的礦脈採集到，將其氣化後添進火焰，就可以綻放出強烈且神聖的光芒。那是盾牌，也是盔甲，守護這座都市免於遭受這世界「受詛咒的夜晚」。是人類為了維持文明社會的最後一條生命線——

當礦脈的太陽之血枯竭時，弗蘭德爾的生活究竟會變成什麼樣子呢？在評議會中討論過無數次，至今仍沒有明確答案的這個問題，閃過青年的腦海裡，隨即消失。

與其擔心遙遠的未來，更重要的是此刻不要在這座陌生城市裡迷路。

青年靠著筆記前進，時而向露天攤販問路，持續往前走，終於到達了目的地——坎貝爾的角落。道路的右手邊從許久前就有石牆延伸著，看似牢固的鐵柵欄拒絕來訪者光臨。

柵欄對面可見茂密得令人驚訝的植物園。

存在於坎貝爾內的綠意當然不可能是天然植物。能夠維持這般規模庭園的，究竟是多麼富有的名門呢？

該說就如同青年大概預估的一樣嗎……從柵欄稍微往前進的門扉前，有三名穿著圍裙裝的少女，優雅地佇立在瓦斯燈下方。

青年一靠近，女僕們便動作一致地緩緩鞠躬。

「您是庫法．梵皮爾先生吧。歡迎光臨，恭候多時了。」

青年聽到為了這次任務所準備的假名，回以優雅的笑容。剛才的紅髮女孩已經證明了這個面具對眾人都有效。

「幸會，今後還請多多指教。」

「是，我們才要請您多多指教。很高興能見到您。」

在三人的正中央，往前多站了一步的女僕伴隨著宛如花朵般的笑容抬起頭。少女給人純樸柔和的印象，但同時也能感受到她內心堅定的意志。

「我名叫艾咪，是本宅邸的女僕長。倘若有不清楚的地方，請不用客氣，儘管來找我喔。」

「女僕長？」

青年——庫法稍微皺起眉頭。自稱是艾咪的少女無論怎麼看，年紀都大約十七歲左右，換言之就是跟自己差不多大。傭人們的總管被尊稱為「女士」，一般應該是委任年紀更大，經驗更豐富的女性。

青年忽然想起執行任務前從上司那兒聽說的事情。據說那位梅莉達小姐自從被懷疑血統後，在安傑爾家中似乎就處於非常微妙的立場，連父親都對她十分刻薄，將她與最低限度的傭人一起被趕到了其他宅邸。

這表示所謂的最低限度應該不光是指人數，還包括經驗值這層含意吧？位於艾咪身後的兩名女僕，也還是可以稱為少女的年齡。

「妳看，是男人耶！」

「是男人呀……！」

「他挺年輕的呢……」

「感覺他十分穩重，不曉得年紀多大呢？」

少女們竊竊私語。明明在客人面前，她們卻交頭接耳，開心地聊著祕密話題。少女們明顯地望向青年，充滿興趣的視線蘊含著熱度，讓青年有些害臊。

「妳看，那纖瘦的高個子……騎兵團的制服實在太適合他了！」

「還有那帶著紫色光澤的豔麗黑髮，配上冷靜細長的眼眸也好棒……！」

「整個散發出『我就是能幹，有意見嗎？』的氛圍呢！」

「照理說是前輩的我們，反倒會被他施以名為教育的嚴厲指導呀！」

「啊，實在太殘暴了！」

「殘暴的教師啊……！」

誰是殘暴教師啊。

對於與話語相反，不知為何一臉欣喜的少女們，庫法裝作沒聽見，同時輕輕嘆了口氣。但艾咪似乎誤會了庫法這樣的舉動，她慌忙地伸出手。

「哎呀，真對不起，您很疲憊吧！我幫您拿行李。」

「不，不勞費心。」

庫法委婉地拒絕，同時握住艾咪伸過來的手心。

「我們從今天起就是同事，彼此都別這麼客氣吧。請把我當作左右手，倘若有能交給我處理的工作，請儘管吩咐。」

「哎呀！」

艾咪的臉頰紅了起來。背後的女僕們一陣譁然。

「艾咪立刻就被攻陷了！」

「艾咪好狡猾～！」

咳咳——年輕的女僕長故意輕咳了兩聲，然後她轉過身去，裙子隨之擺動。

「那……那麼我帶您到屋裡。我們走吧！」

庫法在三名女僕陪同之下穿過門扉。門後是從圍牆對面也能窺見的廣闊植物園。人工鋪設的小徑蜿蜒在茂密高大的植物縫隙間。翠綠遮掩住小徑前方，還看不見宅邸的影子。

「有男性前來真是幫了大忙，家裡只有女人的話，很多事情不好處理……」

艾咪試探性地向青年搭話，於是其他女僕也跟著探頭附和。

「需要力氣的工作可以麻煩你嗎～？」

「像是搬東西，或是打掃高處之類的！」

庫法露出苦笑，同時使勁地彎起空著的那隻手，秀出二頭肌……

「包在我身上。」

他這麼回答，於是女僕們回以「呀啊～～！」的尖叫歡呼聲。

根據她們的說法，宅邸裡還有一名相同年紀的的女僕。反過來想，就表示只有這些傭人……庫法的腦海裡閃過「男性止步」這句老套的言詞。

雖說是工作，但對於踏入那花園一事，庫法並非不會緊張。不過看這和藹的氛圍，似乎也沒有會迷惑心靈，對任務造成影響的事情。

——直到在小徑前方與「她」相遇為止，庫法確實是這麼認為的。

梅莉達．安傑爾的宅邸是典雅大方的兩層樓建築，寬敞程度正好適合五六個人一起生活。尖屋頂與卡帝納爾茲學教區的街景相稱，配上覆蓋周圍的植物園，散發的氛圍就宛如魔法使的隱居處。

從門扉徒步約五分，總算到達玄關口時，艾咪輕盈地轉過身來。

「庫法先生，再次歡迎您蒞臨本宅邸。從今天起的三年時間，這裡就是您的職場。小姐已經恭候……………哎呀？」

就在這時，艾咪像是忽然察覺到什麼似的抬頭仰望。被帶領到這裡的庫法還有陪同的另外兩名女僕，也幾乎是同時抬頭仰望上方。

因為他們聽見了說話聲。

玄關的正上方是二樓突出的陽台，聲音便是從陽台裡面的大廳傳來的。

「噯，還沒到嗎？從她們出門迎接後，已經過了很長一段時間呢。」

「小姐真是的，您要問幾次一樣的問題呢？艾咪她們會好好地迎接客人過來，很快就會到啦～」

「可是，距離預定的到達時刻只剩三分鐘啦。她們說不定是迷路了，還是列車該不會發生意外……！我去看看情況！」

「等……等一下，梅莉達小姐！」

隨後，便有個人影飛奔到陽台。匆忙的腳步聲在庫法等人的頭上迴盪著。庫法後退了一步，兩步，三步，想確認對方的身影。

——隨後立刻逼近視野的亮光，讓庫法不禁瞇細單眼。

是黃金色的頭髮。

比太陽之血的神聖燈光更加耀眼，與其說是顏色，不如說更像「光輝」。倘若以天使的指尖編織出寶石的反射光芒，是否就會變成那般神聖的金髮呢？

少女順著飛奔出來的氣勢跳向柵欄，金髮宛如被彈奏的豎琴一般舞動。唯有那淘氣的舉動，符合資料上標明的十三歲這年紀。

稚嫩卻標緻的臉型，以人偶來形容再貼切不過。

似乎很柔軟的櫻花色臉頰，纖細身軀與可愛小巧的身高——

那完美的美貌讓人難以想像少女才剛從幼年學校畢業，庫法的視線瞬間便被吸引住了。

庫法半看入迷似的抬頭仰望，而梅莉達正從上方柵欄大幅地將身體挺向前，眺望著遠處。她似乎完全沒有注意到要找的人就在正下方。

「嗯～………看不見！不在植物園那邊呢。也就是說，他們還在街上，還是在門口……真是的，我從之前就覺得植物長得太茂密了啦！」

「慢……慢……慢點！小姐，這樣很危險啦！」

從大廳追趕過來的女僕會這麼慌張也是難免。

因為淘氣的小姐一臉急躁地抱怨著的同時，將單邊膝蓋搭到了柵欄上。看到這副光景，就連庫法也不禁「唔」了一聲，說不出話來。

不知是否接近上學時間，梅莉達穿著學院的制服。宛如紅玫瑰一般深邃卻又鮮豔的色調，與她的金髮十分搭配。

雖然制服很適合她……但她下面理所當然地穿著裙子。從這邊的角度來看，大膽掀起的裙襬內側，會非常沒氣質地露出肌膚——…………

庫法隨即別過臉去。

代替他感到慌張的，是站在同樣角度的艾咪等人。

「這……這樣不行，這樣不行呀，小姐！在這邊！我們在這邊！」

「露出來了！有男人在看啊！」

「咦？」

梅莉達從她完全沒有預料到的方向聽到呼喚聲，維持同樣的姿勢訝異地歪頭感到疑惑。然後她總算注意到了從玄關前抬頭仰望自己的三名女僕，與站在女僕們正中央，身穿軍服的高個子。

她回顧自己的裝扮，與彼此站立的位置——雖然這只是想像，但庫法看得出她稚嫩的美貌逐漸泛紅。

「咦……啊……呼哇哇……？——呀啊！」

「──「啊！」──」

彷彿感到害臊的羞恥聲音，瞬間轉變為尖銳的哀號。庫法察覺到艾咪等人同時倒抽了一口氣──他瞬間抬起了頭。

只見梅莉達一個重心不穩，從二樓陽台跌落下來。像這種時候，沒有心理準備的人是無法立刻採取行動的。庫法丟下行李箱並一蹬地面，滑向梅莉達的掉落地點。他張開雙手等候，帶著些許從容──接住了梅莉達。

砰──類似羽毛的衝擊落在庫法的胸口。是公主抱的姿勢。

梅莉達似乎不曉得發生了什麼事，她緊閉著雙眼，全身僵硬。

「您……您沒事吧，小姐？」

「咦……？──啊……呃，沒……沒事……」

梅莉達戰戰兢兢地睜開眼皮，於是與庫法四目交接。

她稚嫩的美貌瞬間連耳尖都染得通紅。

是回想起剛才的事情，還是嚇到腿軟了呢？抑或是庫法肌肉結實的手臂太硬梆梆，讓她覺得不舒服呢？

只見桃色嘴脣顫抖著，伴隨溫熱氣息低喃。

「你就是我的老師嗎……？」

「啊——是的，我名叫庫法。今後三年還請多指教。」

「……！」

梅莉達又緊閉起嘴唇。

宛如寶石般的瞳眸散發出引力，吸引住庫法的視線。出乎意料地演變成從超近距離互相凝視的姿勢，除了梅莉達以外的一切，都從逐漸狹窄的視野中消失無蹤——

艾咪等人一同飛奔過來，庫法和梅莉達同時回過神來。

「小姐！您沒事真是萬幸！」

「哇哇！咦？啊……我……這什麼樣子……！」

這時梅莉達似乎總算想起自己的姿勢。她似乎是頭一次被異性用公主抱，只見她滿臉通紅地推開庫法的胸膛，跳到地上。

原以為她會順勢逃離現場——但公爵家千金的自尊心，讓梅莉達在逃亡前停下了她的腳步。

「請……請妳們帶老師到他的房間吧！」

她拚命擠出聲音留下這句話後，就衝進宅邸裡。慌張又可愛的靴子踩地聲逐漸遠去……被留在玄關前的傭人們自然地面面相覷。

「呃，那位小姐就是我的主人……？」

「……她正是梅莉達·安傑爾小姐。」

艾咪一副頭痛不已的模樣，鞠了個躬。其他女僕也一臉無奈地聳了聳肩。看來這間宅邸主人的淘氣行為似乎是家常便飯了。

看來必須在很多方面做好覺悟才行嗎。就在庫法這麼下定決心時，腳步聲從宅邸裡靠近。原以為是梅莉達跑了回來，但並非如此。

砰！一聲推開玄關門的，是連名字也還不曉得的第四名女僕。

「大事不好了，小姐從陽台飛出去啦！……咦，奇怪，小姐人呢？」

第四名女僕東張西望地環顧玄關前，沒看見主人的身影，倒是發現了四名同事。同年紀的女僕們與上司艾咪，以及首次見面，擔任家庭教師的青年……

庫法立刻對她送出一個和善的客套笑容，於是——

「殘暴的型男教師……」

第四名女僕完全忘記梅莉達的危機，露出了陶醉的眼神。就說了我並不殘暴。

† † †

儘管在玄關前遭遇意外的騷動，庫法總算被帶領到屋內。

分配給庫法的私人房間介於二樓與閣樓之間，可以算是半閣樓房間。艾咪打開設置在樓梯途中的房門，微微低頭致歉。

「因為至今為止沒有男性的房間，我請人緊急打掃了空房間。給您造成不便，十分抱歉。」

「不，怎麼會呢。」

庫法拿著沉重的行李箱，進入今後將要度過三年的房間。

他將行李放到地上，總算是鬆了一口氣。雖然艾咪說得很謙虛，但這房間跟庫法之前在聖王區郊外住的破爛公寓相比之下，就有如樂園一般。

這是庫法沒有一絲虛偽的真心話，但艾咪似乎沒有照字面意思接受。她拚命地挺身而出，可能是想讓庫法喜歡上這個職場。

「在這間宅邸，小姐和我們這些傭人會一起用餐。今晚計畫要舉辦庫法先生的歡迎派對，敬請期待喲！」

「嗯，我很期待。」

「……啊，這原本是要對庫法先生保密的！討厭，我真是的……！」

「啊哈哈——」

看到艾咪一臉難為情地按住臉頰，庫法的表情也自然地笑逐顏開。

在她離開房間後，庫法重新環顧室內。

雖然艾咪說這裡之前是空房間，但連角落都打掃得一塵不染。還有庫法至今不曾體驗過的柔軟床鋪，從全新的床墊散發出蘊含滿滿路燈（太陽之血）溫暖的溫柔氣味。這些都是女僕們為了新同事所準備的吧。

「這職場還不壞嘛。」

庫法將行李箱移到牆壁邊，打開窗戶。

花香吹進室內。「燈照」良好，從二樓半眺望出去的景色超群——

「還不賴。」

庫法深呼吸，大口吸進新鮮的空氣，閉上眼皮。

這時忽然冒出有人站在門外的氣息。

在看似有些猶豫的沉默後，響起「叩叩」的輕輕敲門聲。

「……老……老師，可以打擾一下嗎……？」

「小姐？」

庫法立刻奔向門邊，他打開房門一看，只見身穿聖弗立戴斯威德女子學院制服的梅莉達，忸忸怩怩地摩擦著膝蓋，並抬頭仰望庫法。

「怎麼了嗎，應該還沒到要上學的時間吧？」

「是……是的。所以說那個……這個……」

梅莉達一副難以啟齒的模樣，沒多久後她像是下定決心似的抬起頭。

「方便的話，可以在上學時間前，立刻請老師指導我一下嗎……」

「啊……」

「對……對不起！老師明明很疲倦！」

看到眼前猛烈地鞠躬道歉的少女，庫法感到有些不知所措。

——哦，這還真教人吃驚。我還以為她到底是多沒幹勁，才會拿到那種慘不忍睹的成績，但出乎意料地，本人其實非常努力嘛。

庫法也突然對梅莉達湧現了興趣。

「可以喔。」

庫法一邊回答，一邊脫下軍服外衣，稍微鬆開了領帶。

「那麼，先簡單地看一下妳的力量吧。請妳換上能夠運動的打扮，到庭院來。」

「是——是的！請多多指教！」

抬起頭的梅莉達看似非常開心地笑了。

庫法的心臟瞬間怦通地跳了一下。梅莉達的笑容實在太過耀眼，而讓庫法不禁忘了呼吸地看得入迷——一定是因為毫無防備的關係吧。

† † †

在宅邸後方，有個被花園圍繞，用來舉辦茶會的廣場。廣場寬敞到似乎能打球，用來當訓練場地也是無可挑剔。襯衫裝扮的庫法，與換上運動服和緊身褲的梅莉達，各自拿著練習用的武器面對面。

「那麼，先從基本型的演技開始。就算弄錯也無妨，請試著將常用劍術教本《貴族之立門》從一號表演到二十八號。」

「好……好的。」

梅莉達以僵硬的聲音回答，架起與她身高差不多長的木劍。

雖然覺得那武器似乎不適合她的體格，但倘若是聖騎士位階的人，就應能夠靈活自如地揮舞那種程度的長劍。梅莉達應該也是意識到這點吧。

如果梅莉達真的是聖騎士，當然是沒有問題，不過……

「——喝！」

梅莉達伴隨著短暫的呼氣往前踏出一步。她的膝蓋柔軟地下沉，使勁揮出的刀刃咻一聲地劃破空氣。

「哦。」

從庫法的口中不禁流露出感嘆的氣息。

原本擔心梅莉達會被武器耍著玩，但她利用離心力巧妙地操縱長劍。從往下砍轉向逆袈裟斬，宛如清流般流暢地轉動，再追加一記斬擊。

可能是意識到庫法的視線，她的動作不時顯露出僵硬的感覺。但儘管如此，習慣成自然的努力量是不會背叛她的。梅莉達至今應該反覆進行了幾百甚至幾千次的揮劍練習，直到身體能完美重現出範本的基本型吧。

直到最後都流暢地結束演技後，梅莉達熟練地舉起了劍。

「看來妳經常練習呢。」

庫法俐落地在記事本上寫下筆記後，也拿起了木刀。

「那麼接下來，稍微出招攻擊看看吧。」

庫法繞到梅莉達的正面，輕輕闔上眼皮。

在黑暗之中，浮現在意識深處的是蒼白色火焰團。

庫法瞬間將所有思念灌注到那不過是個渺小碎片的火焰裡。變得更猛烈的火焰以驚人的氣勢膨脹起來，超越音速竄上全身——

一口氣燃燒起來！

轟！只見蒼藍火焰從庫法全身噴射出來。是瑪那的解放。

雖說是火焰，但並不會灼燒身體。那光輝只是散發出驅逐「夜晚」的神聖力量而已。所謂的瑪那，也被稱為寄宿在能力者體內的「太陽之血」。

「呼哇……！」

梅莉達瞠大了眼注視著庫法。

「老師的瑪那是蒼藍色呢……！我頭一次看見這麼清澈的火焰！」

「是這樣嗎，真難為情。」

「那個，冒昧請教一下，老師的位階是什麼呢……？」

「是『武士』。這是敏捷力較為優異的位階呢。」

庫法咻一聲地轉動刀身後彎的細長木刀，於是梅莉達又發出感嘆的聲音。

庫法苦笑著將木刀架在正面。瑪那從他的手心傳達到刀上，傳遞到單刃上的蒼藍火焰，在刀尖灼燒空氣。

「那麼，請妳任意地出招攻擊我吧。即使感覺會打中，也不需要點到為止。」

「是……是的。」

梅莉達神情緊張地點點頭，然後舉起了長劍。長劍果然還是有些沉重的樣子，劍尖搖擺不定。

以不動如山的姿勢等候幾秒，梅莉達動了起來。劍尖在她向前踏步的同時往上彈起，她將劍高舉到頭上，且一口氣逼近到庫法身邊。

「喝啊！」

庫法聽著梅莉達氣勢洶洶的吆喝聲，內心疑惑地浮現了問號。不過，為時已晚。長劍的尖端搭載著重量，氣勢猛烈地揮落下來。長劍銳利地揮向配合軌道移動了位置的木刀——

啪鏘——！長劍伴隨震耳欲聾般的衝擊被彈開。

「呀嗚！」

梅莉達被彈飛到兩公尺後方，不由得一屁股跌坐在地上。脫離了她的手，飛舞到上空的長劍，在天頂碎裂成兩半。掉落地點正好是梅莉達的正上方，因此庫法迅速前進並揮舞木刀，拂落長劍的殘骸。

庫法換用左手拿木刀，幫忙攙扶頭昏眼花的梅莉達起身。

「十分抱歉，小姐，妳沒事吧？」

實在太大意了。庫法完全忘記梅莉達資料上「ＭＰ０」的描述。

只要稍微動腦想想，應該就知道寄宿著瑪那的能力者們為何會被賦予貴族的特權，代價則是被迫扛起挺身對抗外敵的責任了。梅莉達完全無法使用瑪那，倘若讓纏繞著瑪那的武器與一般武器衝撞，就會導致這種結果。

「變更預定吧，首先應該要讓妳的瑪那覺醒呢。」

庫法環顧梅莉達碎得四分五裂的木劍，又苦笑了一下。

「武器也要準備一把新的呢。」

「……對不起。」

梅莉達明明絲毫沒錯，卻這麼說道，並沮喪不已地垂下了頭。

庫法收起練習用的武器，攙扶梅莉達在廣場中央站起來。

庫法也以輕鬆的姿勢直截了當地對梅莉達講起基本的課程。

「能力者的肉體具備幾個眼睛看不見的器官。全身上下有十幾處被稱為曼托的瑪那排出孔，還有被稱為菲波萊塞的二十二條通道連繫著這些部位。」

庫法將手心輕輕放在梅莉達頭上。雖然他想精準指示的場所是頭蓋骨中央。

「排出孔各自被取了名字。這裡是『王冠』。」

庫法接著將手依序摸向梅莉達纖細的右上臂、右前臂、左上臂與左前臂，然後是苗條的右大腿與小腿、左大腿與小腿。在觸摸的同時唸出的名稱，分別是「理解、嚴格、智慧、慈悲、榮譽、王國、勝利、基礎」。

最後庫法將指尖放在梅莉達的胸口中央。梅莉達的臉頰微微泛紅，但庫法一貫認真

的表情。十三歲的少女也緊閉嘴脣，嚴肅以待。

「『美麗』——這裡是最重要的曼托。瑪那的泉源就在這裡，二十二條菲波萊塞全部聚積於此。藉由以能力者的意志對這個『美麗』施加壓力，可以讓通過菲波萊塞的瑪那從全身解放出來。」

試著解放看看吧——庫法這麼催促，於是梅莉達用力地點了點頭。

她使勁閉上眼睛，雙手合十，擺出彷彿在祈禱的姿勢。

她就這樣試著等候了一陣子……但什麼也沒發生。

梅莉達的額頭浮現汗水，只見汗水滑過臉頰滴落。

——還是不行嗎？庫法沒有出聲，在內心這麼喃喃自語。

舉例來說，庫法無法理解貓有尾巴的感覺；無法模仿靠超音波飛行的蝙蝠；也不像魚類有鰓，可以在水裡面呼吸。

倘若某人具備自己沒有的身體器官，那已經是跟自己不同的生物了。

梅莉達此刻感受到的苦惱，也類似這種感覺吧。

因為她的身體不具備曼托與菲波萊塞，而且連瑪那本身都不存在——

「……小姐，差不多到上學時間了。」

結果，直到艾咪來呼喚梅莉達為止，都沒有獲得任何成果。女僕長一臉悲傷地注視著落寞地走回宅邸的嬌小背影。

艾咪忽然面向庫法這邊，勉強擠出了笑容。

「對了，庫法先生。麻煩您在學院也幫忙照顧小姐。」

「請儘管交給我。身為公爵家的傭人，必須繃緊神經才行呢。」

「——咦？」

梅莉達像是大吃一驚似的轉過身來。她戰戰兢兢地詢問：

「老……老師也會到學院嗎……？」

「嗯，對。妳不曉得嗎？我身為小姐的指導教師，同時也是隨從。雖然聖弗立戴斯威德女子學院原則上是男性止步，但我以小姐隨從的身分，特別獲得了進入學院的許可。」

「……唔！」

梅莉達一臉複雜的表情緊咬嘴脣，然後驀地轉身離開。望著梅莉達奔回宅邸的背影，被留下來的庫法與艾咪只能面面相覷。

這時候的庫法，還無從得知梅莉達究竟是在擔心什麼。

† † †

梅莉達就讀的聖弗立戴斯威德女子學院，有宛如城堡一般的校舍，且附設大教堂，是座具備歷史與風格的學院。它位於南區的亞伯特大道，似乎以高聳的城牆圍住廣大的校地。縱然從遠方觀望，也能看見朝天聳立的校舍尖塔。

貴族子弟所就讀的——也就是瑪那能力者見習生們學習知識的養成學校，在整個弗蘭德爾共有十三所。其中聖弗立戴斯威德女子學院特別重視讓學生成為獨當一面的淑女應習得的教養，是所歷史悠久的千金小姐學校。

一旦到上學的時間帶，街上自然也充滿眾多學生。各個學校的制服也是形形色色，有傳統的長袍打扮，以及可愛的百褶裙等等。

梅莉達身穿聖弗立戴斯威德女子學院兼具可愛與氣質的哥德風制服，在眾多學生當中微微低頭，盯著石板路往前走。

她纖細的雙手拎著裡面塞滿東西的皮包。

「看來很重呢，小姐。我幫妳拿吧？」

「不……不用！沒問題的！」

LESSON: I 金鳥的覺醒

梅莉達沒看向庫法這邊，只是用力搖頭。裡面究竟裝了什麼呢？

不久後接近亞伯特大道，周圍愈來愈多穿著同樣制服的女學生身影。庫法威風的軍服裝扮，無論是色彩或身高都格外顯眼，不時有好奇的視線聚集過來。梅莉達更覺得如坐針氈似的縮起肩膀。

聖弗立戴斯威德的入口是兼作城門的細長隧道。可以看見跟梅莉達同樣配戴著一年級徽章的幾個女生聚集在隧道旁。

一認出走過來的梅莉達，一個將頭髮綁成雙馬尾的女生便舉起了手掌。

「妳終於來了！太慢了吧，梅莉達！」

梅莉達一抬起頭，不知為何瞄了庫法一眼，露出有些在意他的態度。

然後她擠出笑容，奔向同學們身旁。

「大……大家早安。」

「早安！噯，拜託妳的東西呢？」

雙馬尾女孩伸出手心，其他幾人呵呵竊笑著。

梅莉達打開皮包，拿出兩本厚重的書。

那是聞名全區的某作家執筆的戀愛小說最新一集。庫法還記得有些人認為那部作品「內容好像太偏激了，不適合給學生看吧」，在聖王區稍微掀起了話題。

雙馬尾女孩像是搶劫似的從梅莉達手上接過小說。

「就是這個！克莉絲・拉特維吉老師的新作品！我一直很想看呢！」

「涅爾娃小姐，接著請借給我看！」

「我也要！請務必也借給我翻閱！」

女學生們鬧哄哄地將焦點聚集在小說上。被稱為涅爾娃的雙馬尾女孩，微笑地轉頭面向梅莉達。

「太好了！我家管得很嚴格，郵差不肯送這種東西到家裡呢。就這點來說，梅莉達真好呢，因為家裡沒有母親大人也沒有父親大人嘛！」

梅莉達用曖昧的表情點了點頭，回以僵硬的笑容。

就在這時，涅爾娃注意到陪在梅莉達背後的軍服男子的存在。

「哎呀，梅莉達，那一位是？」

「啊……這位是從今天起來指導我的，我的家庭教師……」

「梅莉達小姐居然有家庭教師！」

焦點集中在戀愛小說的女學生們譁然起來，涅爾娃似乎是這群女學生的首領，她迅速舉起手掌吸引大家的注意。

涅爾娃走到庫法面前，優雅地拉起裙子一鞠躬。

「幸會，我是馬爾堤呂伯爵家的涅爾娃。梅莉達是我的『布爾梅』，我們非常親密。」

「布爾梅？」

「『布爾梅．布拉特』……也就是所謂的小組喔，老師？」

涅爾娃笑著說道，那笑容說好聽點是揶揄，說難聽點是瞧不起人。

所謂的小組，是負責守護弗蘭德爾的軍事組織——也就是由瑪那能力者構成的「騎兵團」中，最小單位的運用型態。

最多五人一組的「小組」，擁有多數小組的「軍團」。無論攻擊或防衛，都是以這些小組或軍團為基礎在架構戰術。

應該是兼具預演的含意吧，聽說貴族子女的訓練生們就讀的養成學校，推薦從就學期間就設立與同學們組成的「小組」，且會安排以組成軍團為前提的課程。

涅爾娃一臉得意地解說：

「『布爾梅』意味著『花園』，在聖弗立戴斯威德會以這名字來稱呼小組。我們無論在學校或宿舍都形影不離，會舉辦讀書會、茶會或睡衣派對……締結有如親生姊妹的羈絆。」

「原來如此，真是美妙的習俗呢。」

「呵呵，你上了一課嗎？老，師。」

庫法對涅爾娃語帶挖苦的音調也毫不退縮，回以輕鬆的笑容。

「妳的教誨我銘記在心，我是庫法·梵皮爾，以後還請多關照。」

「梵皮爾家……我沒聽過這家名呢。」

涅爾娃疑惑了一會兒後，像是覺得無關緊要似的轉身離開。

就在這時，團體——不，是姊妹（布爾梅）中的某人彷彿感到有趣似的發言。

「噯，這麼說來，愛麗絲小姐也請了家庭教師不是嗎？」

「咦！」

梅莉達突然抽動了一下肩膀。

雖然之前躲在其他少女們背後而沒注意到，但在稍微有點距離的地方，還有一個一年級的女學生。修剪整齊的銀色頭髮，與讓人聯想到白雪的肌膚。宛如寒冰一般冷淡的眼神筆直注視著梅莉達。

總覺得她們兩人有幾分神似。梅莉達的嘴唇變得蒼白，彷彿在顫抖一般地動了：

「妳在呀，愛麗。」微弱到彷彿會消失的聲音，只有傳到庫法耳裡。

被稱為愛麗絲的女孩，面無表情地簡短回答一句：

「……今早到宅邸來了。」

「而且那位家教，據說是史上最年輕進入聖都親衛隊的菁英呢！」

「哎呀，等級截然不同呢！」

涅爾娃像是在起鬨似的說道，除了愛麗絲以外的少女們笑了起來。雖然她沒明說是什麼的等級跟誰截然不同，但梅莉達的肩膀微微一顫。

「好了，會趕不上班會呢，我們走吧。」

涅爾娃登高一呼，聚在一起的一年級幼鳥們便邁出步伐。梅莉達雖然有些不願意，但似乎也不能不跟上。

可以明顯看出梅莉達對那名叫愛麗絲的女學生敬而遠之。庫法在任務前瀏覽的資料上，也有出現那名字。愛麗絲．安傑爾……她也是騎士公爵家的一員，也就是所謂分家的血統，與梅莉達是堂姊妹。

據說愛麗絲與私下被懷疑出身的梅莉達不同，聖騎士位階很早之前就覺醒了，入學後沒多久便嶄露頭角。

沒用的本家與優秀的分家……不難想像不光是當事者之間的關係，還有大人們的各種盤算會互相糾纏不清。

走在前頭的涅爾娃轉頭看向在隊伍後方思索著的庫法，她別有含意似的笑了笑，然後以清晰俐落的聲音向姊妹們拋出話題。

「說到親衛隊，大家有考慮過畢業後的出路嗎？」
「哎呀，涅爾娃小姐真是的。您會不會太心急了，我們才剛入學沒多久喲？」
「才沒那回事，三年根本只是眨眼間喔。對吧，梅莉達？」
「咦……咦？」
突然被出聲呼喚，在隊伍角落與眾人保持一定距離走著的梅莉達，嚇得抽動了一下肩膀。
涅爾娃得意洋洋地繼續說道：
「我一直在想，哪邊的部隊會收留像妳這樣的廢物呢？我很認真地在煩惱喔，因為我們是朋友嘛。妳也就讀於養成學校，將來當然也打算進入騎兵團，是吧？」
「嗯，對……」
「我想到了很適合梅莉達加入的地方喔。白夜騎兵團怎麼樣呢？」
涅爾娃這麼說道，於是其他少女「呀啊！」地一片譁然。
弗蘭德爾由多達幾百個軍團構成的軍事組織，也就是人類的總戰力，被稱為「燈火騎兵團」。委託他們的任務大致分為四種，分別是維護坎貝爾內秩序的「維持治安」；死守人類生存圈的「防衛領土」；排除鑽過防衛線外敵的「討伐外敵」；踏向危險夜晚領域的「探索夜界」。

其中有輝煌實績的人，例如在任務裡立下眾多功勞，或是在大型武藝大會獲得優勝等等，按慣例會被邀請到「聖都親衛隊」這支菁英部隊，從事「守護聖域」這項負責聖王區警備的特別任務。

但有個傳聞一直根深蒂固地在街頭巷尾流傳，據說弗蘭德爾私底下存在著與象徵和平的燈火騎兵團成對的黑暗騎兵團……

據說他們是在社會陰影處活躍的祕密組織，貴族和富商都畏懼他們的魔掌。在密談協商時，必須懷疑牆壁對面是否有他們的存在。還有在下層居住區企圖發動政變的武裝組織，聽說一夜之內就連同整個地區都被消滅等等……關於他們的傳說不勝枚舉。

眾人希望能有個名字稱呼他們，於是不知由誰起頭，「白夜騎兵團」這個稱呼不知不覺間便滲透在大眾之間。那名號與幽靈和天災並列為恐怖的象徵，或是被當成「實際上並不存在之物」的代名詞，廣為人知。

換言之，即使不去深思，也能明白涅爾娃是在揶揄梅莉達。

「啊，但是梅莉達已經決定好未來的出路了吧，我知道的喔。」

「——唔！」

彷彿預料到決定性的一句話那般，梅莉達抖了一下，兀自停下腳步。

反觀其他少女則是期待餘興節目的高潮，挺身向前看熱鬧。

「請告訴我們，涅爾娃小姐！」

「我很感興趣呢！」

「哎呀，妳們冷靜點。我在入學面試時跟梅莉達碰巧是同一組，那時聽到她向面試官這麼說了——『我的目標是進入聖都親衛隊，像那樣成為人們的希望之劍，是我從小的夢想』。當我知道說出這番話的人就是傳說中的『無能才女』時，感覺實在滑稽得不得了……！」

包含涅爾娃在內的布爾梅們「「「呀哈哈哈！」」」地尖聲大笑起來。

她們周到的是選在通學路的正中央這點。周圍聚集著聖弗立戴斯威德的女學生們，倘若大聲說話，周圍的人自然都聽得一清二楚。

在這種地方被暴露出內心的想法，究竟是多大的屈辱呢？

「…………」

梅莉達儘管全身顫抖不停，仍緊咬嘴唇忍耐著，但是——

「嗳，愛麗絲小姐有何看法？」

「——唔！」

其中一人試探性地詢問銀髮少女，讓梅莉達纖細的肩膀抖了一下。

位於隊伍反方向的愛麗絲並未加入嘲笑梅莉達的圈子，只是一直面無表情。

受到眾人注目的她，沒多久緩緩張開嘴唇。
「……我——」
就在這一瞬間，梅莉達拔腿奔離現場。她並非奔向校舍的方向，或許就連她本人也不曉得自己打算去哪兒。
通學路上有不少視線目送著那樣的她離開，那是同情的眼神。縱然那些少女們沒有惡意，但對梅莉達而言仍是如坐針氈。
涅爾娃浮現心滿意足的笑容，彷彿認為那副光景是頂級的名畫一般。
「啊，真愉快……妳要一直當我的朋友喔，梅莉達。」
在她宛如虐待狂般這麼低喃時，另一名少女脫離了隊伍。
「哎呀，愛麗絲小姐，您要上哪去？」
「…………」
愛麗絲依舊沉默地瞥了一眼，然後也快步飛奔離開了。她前往的方向是梅莉達跑掉的方向。
雖然庫法目前為止都貫徹當個影子，但身為家庭教師兼隨從，實在不能不跟上去。
他稍微向涅爾娃等人點頭致意後，從後追趕兩人。

† † †

雖然過於廣大的校地讓庫法稍微迷了路，但他在沒人煙的大教堂後方發現了兩人的身影。最先聽見的是梅莉達的叫聲。

「……妳為什麼要追過來！反正妳也想說我辦不到對吧？」

庫法從陰影處探頭窺視，可以看見梅莉達逼問著愛麗絲的模樣。金髮少女的眼角紅腫，能夠輕易得知她處於在哭泣時被人搭話而感到動搖的狀況。

庫法屏息觀察兩人，只見銀髮少女的表情在庫法所知範圍內首次有了改變。銀髮少女微微蹙起眉頭，有些猶豫地開口說道：

「那個，莉塔，我也打算加入聖都親衛隊……」

「──唔！」

梅莉達的臉蓦地漲紅。

「妳別那麼隨便地……叫我莉塔！」

愛麗絲的肩膀抖動了一下。梅莉達以那般高分貝的音量大聲怒吼，然後又拔腿飛奔離開。她彎過教堂轉角，正好與躲在那裡的庫法碰個正著。

「老師……！」

梅莉達睜大眼睛，察覺到濕潤了眼眸的東西。她滿臉通紅地揉了揉臉，又背向庫法飛奔而去。

梅莉達從庫法身旁飛奔離去時，一粒閃耀的水滴濺到庫法的手掌上。

庫法只是目送金髮狂亂飛舞著遠離的模樣，他轉頭一看，只見愛麗絲也背對庫法，一直低著頭。

庫法忽然像是想到什麼似的拿出記事本，奮筆疾書。

——「無能才女」的目標是進入騎兵團最頂尖的聖都親衛隊。

「這笑話真不好笑。」

庫法一笑也不笑地這麼低喃，將記事本收回口袋。

† † †

簡單來說，這就是梅莉達．安傑爾的現況。誕生在貴族家卻無法使用瑪那，那樣的異端分子不可能融入孩子們的團體中。

儘管如此，梅莉達似乎還是以她自己的方式，在能力範圍內做一定程度的努力。

庫法看著在上午的課堂中，主人姿勢端正地坐著的背影。

站在講台上，年約二十多近三十歲的女性講師一邊環顧著課桌呈一百八十度扇形擺放的學生們，一邊出聲喚起學生注意，那柔暢的聲音簡直就像在對幼兒說話般。

「各位同學，大家期待已久的暑假即將到來。大家關心的大概都是學期末的公開賽與之後舉辦的頭環之夜祭典……但妳們應該沒忘記在那之前，還有檢驗一學期學習成果的學力測驗吧？」

看到幾名學生一臉難為情地低下頭，女性講師呵呵笑了。

「這是大家進入聖弗立戴斯威德就讀後首次的學力測驗。有沒有人只顧著專精武藝而疏忽了課業呢？今天就來複習至今為止學過的內容吧——有人能夠說明關於歷史學『受詛咒的夜晚、藍坎斯洛普與人類的關係』這個項目嗎？」

這時梅莉達比任何人都更快舉起手。女性講師看似很開心地點名梅莉達回答。

梅莉達從椅子上站起身，僅有一瞬間，她稍微在意庫法所在之處。

「……人類是指生活在提燈（弗蘭德爾）中的我們，『夜晚』是在弗蘭德爾外圍擴展開來的黑暗，然後『藍坎斯洛普』則是潛藏在黑暗中的怪物。藍坎斯洛普有許多種類，從充滿知性的怪物到如同野獸一般的魔物，牠們的生態幾乎被謎團所覆蓋。例如最高階的『吸血鬼』；狼人『沃爾夫』；會捕食生物的『樹人』；還有無形的『鬼火』等等……牠們擁有『阿尼瑪』這種與瑪那成對的異能，會心懷惡意地襲擊人類。保護力量薄弱的人們免受藍坎斯洛普危害，正是我們貴族——瑪那能力者的使命。而燈火騎兵團最重要的工作，就是擊退藍坎斯洛普，不讓牠們接近弗蘭德爾。」

女性講師以視線催促梅莉達說下去，梅莉達吞了吞口水，繼續說道：

「藍坎斯洛普棘手的地方，在於牠們原本是人類或普通的動植物這點。這就是人們會說『夜晚受到詛咒』最大的理由。夜晚的黑暗會侵蝕生物，最終將生物變成藍坎斯洛普。為了防止這種情況，我們不能離開提燈中。外出前往夜晚領域的騎兵團勇士，必須攜帶太陽之血的燈，絕不能放手。假如有一天弗蘭德爾的玻璃容器裂開，那將會是人類歷史的終結吧。寄宿著太陽之血的瑪那能力者，是所有生活在弗蘭德爾中的人，以及這世界最後的人類的希望。我們必須刻骨銘心地永遠記住這件事。」

「今天並非測驗日真是遺憾，我從未聽過這麼標準的答案。」

女性講師毫不保留地稱讚梅莉達，教室裡的學生也雙眼發亮，發出「哇啊……！」的讚嘆聲。梅莉達臉頰泛紅並低下了頭，但涅爾娃隨即朝梅莉達的後腦杓潑冷水。

「她說『我們瑪那能力者』耶！她說她是人類的希望呢！」

「我聽見了！如果我跟她處於相同的立場，應該會羞到臉部都要噴火了！」

涅爾娃的布爾梅姊妹們，附和著她呵呵笑了起來。相反的，教室則鴉雀無聲地安靜了下來。女性講師像是在警告學生似的輕咳兩聲，拿起教本。

「……繼續上課。接著是關於『太陽之血的用途，壓力式與吸入式的差異』這個項目——」

女性講師緊接著點名下一個學生回答，於是梅莉達坐了下來。涅爾娃等人始終不停地嘲笑梅莉達，其他學生雖然感到在意，但也無話可說。

梅莉達也沒有做出任何反駁。

因為縱然將教本整本背起來，或是能夠完美重現型式的動作，她仍然肩負著無法使用瑪那這個束手無策的不利條件。

下午的實技授課時間——庫法被迫目睹梅莉達之所以被稱為「無能才女」的理由。

聖弗立戴斯威德不愧於校地的廣闊，具備好幾個練武場。

其中一個練武場有類似馬戲團會用的圓形舞台，在以繩索分隔成圓錐狀的舞台上，設置著各式各樣的運動器材。

雖然看起來也像是遊樂園的遊樂設施，但決定性的差異在於其危險程度。踏腳處甚至遍布到幾十公尺高的地方，也沒有防止掉落的柵欄。明明如此，卻四處布滿像是要擊潰挑戰者的機關。

一年級學生們換上學院指定的運動服，在舞台入口排隊。站在旁邊的教官一打暗號，就會有幾名學生入場，測定她們突破各個障礙物時的精準度，與到通關為止的時間。將這個成績套用到「弗蘭德爾統一白刃戰能力測定基準」上，就能將學生身為能力者的狀態數據化。

倘若只有普通身體能力的人，踏進這個以挑戰者會使用瑪那為前提所設計的舞台，當然不可能全身而退。

梅莉達站在她無論如何也不可能跳過的陷阱前，雙腳動彈不得。與她同時測定能力的涅爾娃彷彿在炫耀似的從後面催促她。

「喂，梅莉達！後面還有人在等，妳快點跳呀！」

「……唔！」

在舞台外的學生們抬頭仰望膝蓋顫抖著的梅莉達，為她擔心不已。看不過去的教官放下正在記錄的報告書，取而代之地拿起兩把木劍。

「梅莉達．安傑爾！妳在那邊稍等一下！」

教官踏進舞台，不到十秒便穿越學生花費幾分鐘爬上的路線，教官輕快地降落到梅莉達面前，將一把木劍扔給她。

教官是打算直接以對戰來測試梅莉達的能力。這也是方法之一。

不過庫法在學生們後方一邊觀望，一邊嘆息著「結果是一樣的」。

攻擊力「1」、防禦力「1」、敏捷力勉強有「2」——這就是不具備瑪那的梅莉達・安傑爾的極限。

「喝啊！」

梅莉達拿起與她不相稱的木劍，氣勢高昂地出招攻擊。但迎戰的女教官縱然已從騎兵團退休，身上仍纏繞著歷經千錘百鍊的瑪那。

——不到五秒，便看見木劍在半空中飛舞，梅莉達悽慘地倒落在地板上的景象。

「啊嗚……！」

這光景大概不曉得是第幾次了吧。梅莉達一發出苦悶的呻吟，涅爾娃等人便像是看準了時機似的從舞台外圍大笑出聲。

「啊哈哈哈哈！噯，梅莉達，妳果然應該去當藝人才對呀！比加入聖都親衛隊什麼的要現實多了！」

「……！」

依舊趴倒在地上的梅莉達緊握手心，握得手都發白了。俯視梅莉達的女教官嘆了口氣，就在她轉身背向梅莉達的瞬間——

「——嗚啊啊！」

梅莉達彷彿受傷的小狗一般吠叫，在跳起來的瞬間揮下木劍。已經解除戰鬥態勢的女教官驚訝地睜大了眼，看著飛撲過來的女學生身影。

「梅莉達‧安傑爾！別亂來！」

木劍直接擊中教官毫無防備的肩膀——伴隨著震耳般的衝擊聲響反彈回去。

教官什麼也沒做。縱然是呆站在原地什麼也沒做的狀態，光是纏繞著瑪那，常人便無法侵犯。順著氣勢砍下的斬擊，以好幾倍的威力彈回自己身上，梅莉達嬌小纖細的身體宛如玩笑般飛向後方。

然後輕易地飛出場外。

「啊……」

全身被風摧殘，梅莉達浮現腦袋一片空白般的表情。她的上半身被重力拖著傾斜向下，從幾十公尺高的地方掉落下來。

「梅莉達‧安傑爾！」

教官這麼尖叫，學生們倒抽了一口氣。然後庫法無奈地站起身。

隨後，一陣「唰！」的驚人腳步聲穿過練武場。

就在女學生們感覺到後方傳出那陣聲響的同時，黑色疾風衝進了舞台。他伴隨著地的動作以銳角轉彎，在腳邊迸出火花的同時更進一步加速，不用兩秒便侵入女性教官花費十秒穿越的路線，然後找了個適當的地方跳躍起來，張開手臂。

LESSON：I ～金鳥的覺醒～

庫法在空中接住了正往下掉落的金髮少女。他優雅地以公主抱解救少女，將動能分散到全身並著地。鞋底發出「嘎哩」的聲響，再度發出焦味。

庫法輕輕地將梅莉達放到地上，非常自然地單膝跪地。

「妳沒受傷吧，小姐？」

全場一片愕然。梅莉達不用說，舞台內外的所有人都說不出話來。慢一步前來的女教官降落到兩人身旁，露出深感興趣的笑容。

「實在了不起呢，應該畫一個花圈圈獎勵你嗎？」

「深感榮幸，女士。」

庫法恭敬地一鞠躬時，情緒總算趕上狀況的女學生們爆發出歡呼聲。驚人的瘋狂歡呼包圍住庫法，甚至連舞台也轟隆作響起來。

「貴姓大名！請教您貴姓大名！」

一個人這麼起頭後，接著便一發不可收拾。女學生們彷彿潰堤般地湧進舞台，五顏六色的花朵眨眼間便從全方位圍住庫法。

雖然梅莉達因此被擠到小圈圈外，但沒有任何人在意這件事。

「打從第一眼看到您時，我就一直很在意！我是柯拉達子爵家的……」

「慢點，妳這樣偷跑太狡猾了！應該每個人按順序打招呼和送禮才對！」

「雖然看得不是很清楚，但我完全看入迷了！速度應該比教官更快吧？」

「哎呀，這可不能當作沒聽見呢。誰來借他一把木劍！」

「女……女士，您真愛說笑……」

學生們加上教官，演變成相當熱鬧的騷動。並未加入這圈子的涅爾娃等人，一臉非常無趣的表情，思索著該如何潑冷水，

「配……配給梅莉達・安傑爾真是太糟蹋這位老師了！」

她發出的嘲諷沒有傳入任何人的耳裡，只有梅莉達本人聽見了。

「…………唔！」

梅莉達在與舞台相較之下有些寒冷的外側，轉身離開現場。明明還在上課時間，她卻離開練武場。雖然這是很明確的蹺課行為，但沒有任何人挽留她。

豈止如此，甚至沒有任何一個人察覺到梅莉達不見了這件事。

「…………」

只有庫法目送著金髮少女離開。原本庫法應該追上去的，但現在靠近梅莉達只會造成反效果吧。豈止如此，庫法已經對那名少女……——

「庫法大人？」

看到庫法望著不同方向，一名女學生歪頭發出疑問。庫法立刻對女學生面露笑容，

一邊完美地回應眾人的問題，同時在面具底下心想：

——是時候了啊。

† † †

當天深夜，在宅邸的眾人都進入夢鄉時，庫法坐在自己房間的桌前。

他正在製作任務的報告書。這份報告書會透過連郵局都不曉得的管道，在黎明前不為人知地傳遞到上司手邊。

點綴在報告書上的文字，簡單來說就是下面這些內容。

——今天觀察了一整天，絲毫看不出梅莉達．安傑爾有任何才學。

——結論，她並非騎士公爵菲爾古斯．安傑爾的親生女兒。

——因此我會完成賦予給我的「第二項任務」。

庫法放下羽毛筆，從椅子上站起身。他將甚至還沒打開的行李箱提到床墊上，卸下束帶。

收納著換洗衣服、日用品和文庫本等東西的行李箱，是巧妙的雙重底構造。庫法解除機關打開蓋子，將藏在底下的東西顯露出來。

——有個傳聞。是母親會用來勸誡不聽話孩子的無聊怪談。

據說這國家有個與檯面上的燈火騎兵團成對，直屬於評議會的黑暗騎兵團。委託給他們的任務是「暗殺要員」與「管理機密」，有時是甚至會把人類當實驗對象的「禁忌實驗」等等，淨是一些會讓人懷疑自己聽錯的可怕骯髒工作。

其成員幾乎都是從幼少時期就在組織接受教育，照理說不存在於光明社會的人們。每當他們要出現在公眾場合，就會換個名字，改變立場，在達到目的後宛如煙霧一般消失到某處。犯罪的凶手根本就不存在於這個世界——

「沒想到這麼快就會捨棄『家庭教師（梵皮爾）的面具』……」

藏在行李箱底部的是毒藥、火藥與炸藥、鋼絲還有漆黑匕首等等。因為不曉得會需要什麼，所以準備了各種武器。

庫法首先雙手戴上漆黑的皮手套，同時思索起來。

——這次下達給我的任務有兩個。一個是教育那位廢物小姐，將她培育成符合安傑爾公爵家地位的戰士。

然後第二個任務是，如果梅莉達·安傑爾絲毫沒有成長的可能性，也就是能確信她並非正統聖騎士的血緣時——

把那個會成為安傑爾家汙點的少女，不留痕跡地——

「收拾掉。」

庫法握住鋼絲，將鋼絲藏到袖子底下。要是留下一滴血就糟了，所以採用絞殺比較好吧。還是放火燒到她變成灰燼為止呢？要「不留下屍體」以避免被調查，其實相當麻煩且困難。

為了以防萬一，庫法將匕首插到腰帶間，離開了房間。他心想應該不需要用到身為武士位階常用的愛刀，因此愛刀依然藏在床墊底下。

在女僕們已經進入夢鄉的安靜宅邸中，庫法沒有發出任何腳步聲或衣服摩擦聲，沿著走廊前進。

「對不起，艾咪小姐，還有各位。」

庫法小聲地向她們道歉。她們剛剛才幫自己舉辦了盛大的歡迎會。

原本不該這麼快動手的。雖然上司曾笑著說：「順利的話，說不定你大概一個月就能回來嘍？」但為求慎重，應該再稍微靜觀其變才對。

畢竟新的傭人才剛來那天，小姐就離奇死亡的話，任誰都會懷疑庫法吧。就算「庫法」是不存在於社會上的人，且委託人會幫忙消除嫌疑，仍應該避免引人注意的行為。

明知如此，庫法仍決定執行任務……完全是因為他無法再忍耐下去了。

梅莉達．安傑爾讓庫法目不忍睹。

在放學後的家教課程中，梅莉達也沒有任何成果。這也是當然的，梅莉達的母親據說是商人子女，倘若庫法的預測正確，梅莉達並沒有繼承到貴族血統。

雖說是富豪，但原是平民階級的母親，與不知是誰的外遇對象生下的女兒，縱使報上安傑爾家的名號，梅莉達也沒有聖騎士的資質。

不知道這點的梅莉達，憨直地相信自己的才能。

「可憐的少女。」

庫法打從心底這麼認為。庫法回想起只有在一開始到歡迎派對露面，打過招呼後就回到自己房間的梅莉達的表情。

她的人生充滿痛苦，今後也會一直痛苦下去。而且她的痛苦永遠不會有獲得回報的一天。

既然如此，趁早斬斷那樣的連鎖——

才是刺客的慈悲（Assassin's Pride）。

在沒有燈光的走廊上，一個高挑的人影站到梅莉達位於一樓的寢室前。

「小姐，世界是殘酷的。」

至少讓她在不曉得那種絕望的狀態下往生，也算是種幸福——

就在庫法思考到這時，他忽然察覺到門的另一頭不太對勁。

庫法立刻打開房門，踏進室內。不會太過寬敞的寢室裡擺放著可愛的家具。少女風格的化妝桌與衣櫃。庫法能夠清楚看見這些家具，是因為蠟燭在桌上發亮著。公主床上放著折疊好的女用睡衣。

但不見梅莉達的人影。

「她上哪了……」

桌上堆積著學院的教本，翻開筆記本一看，整齊漂亮的文字塞滿了頁面。然後找不到訓練用的木劍，打開衣櫃一看，也沒發現梅莉達的運動服。

換言之，她到這個時間都還在預習明天的課程，接著拿劍去自主訓練了吧。對於梅莉達認真勤勉的態度，庫法實在深感佩服——…………

不，等等。

庫法的耳朵抽動了一下，他敏銳的聽覺聽見了異樣感。

梅莉達寢室的窗戶是開著的，她應該是從這裡直接走到陽台上去訓練的吧。但在一片漆黑的庭院中，四處不見她的身影。

從包圍住宅邸的植物園那邊，再度響起硬質的異樣聲響。

「——唔！」

庫法在思考前先飛奔而出。他宛如一陣風地衝向植物園。

弗蘭德爾的天空無論是白天或傍晚都一樣昏暗。儘管如此，人們還是有生活作息時間的概念。一天接近尾聲時，商店會關門，人們踏上歸途，路燈的亮光會轉弱，眾人進入夢鄉。在微暗安靜的城市中，遠方的聲響十分宏亮。

庫法很輕易就得知了異樣感的真相。

「為什麼會在這裡……！」

庫法以媲美黑豹的腳力穿過小徑，沒多久在視野前方發現好幾個影子。他立刻一蹬地面躲到草叢裡，彷彿進行狩獵的野獸一般消除氣息。

他紫羅蘭色的瞳眸在黑暗彼端捕捉到目標身影。

其中一人是梅莉達小姐。她如同庫法預料的身穿運動服，拚命揮舞著不合她身高的木劍。而圍住她的是在小丑服上擺了個像是南瓜鑽洞的頭，有著異樣姿態的三人組。

「藍坎斯洛普……？」

庫法沒發出聲地低吼，白天在學院聽到的課程內容突然閃過腦海中。

那些傢伙正是居住在夜晚領域的人類之仇敵，過去曾是人類者最後的下場。那名稱意味著「陷入沉睡，喪失原本自我的東西」。

那群南瓜頭在藍坎斯洛普中，也是位於最下階，被稱為「南瓜頭（Pumpkin head）」的種族。牠們沒有特別的異能（阿尼瑪），也沒什麼智慧，只是本能地服從力量強大的對象。是有時甚至會被人類使喚的小嘍囉。

那樣的小嘍囉，不可能有辦法入侵到這種高層市區。

庫法忽然想起執行任務前，上司曾不經意說過的臺詞——「莫爾德琉卿似乎也屢次對她施加壓力，但似乎一點效果也沒有」。

「這就是所謂的壓力嗎……！」

三隻南瓜頭顯然是梅莉達的祖父莫爾德琉卿派來的。他大概是想藉由強迫梅莉達與藍坎斯洛普戰鬥一事，喚醒說不定沉睡在梅莉達體內的瑪那吧。

這種做法實在太亂來了。

「呼……呼……！你們到底是怎麼回事呀……！」

即使梅莉達氣喘吁吁地瞪著南瓜頭看，牠們仍舊維持一貫嘲諷的笑容。梅莉達英勇地揮起木劍，向前突擊。

「喝啊！」

她以流暢的型式往下砍，但木劍衝撞到南瓜的頭套後，梅莉達隨即像被彈開似的飛向後方。

「呀嗚！」

反倒是用力揮下的木劍從中間碎裂，揮劍的反作用力襲向梅莉達。南瓜頭閃也沒閃，指著倒落在地的梅莉達咯咯笑。

那正是藍坎斯洛普棘手的地方。牠們會將一般武器、兵器的攻擊都無效化，能夠貫穿那防禦的只有太陽之血的光或瑪那——也就是「太陽因子」。正因如此，國家才會賦予貴族的特權給唯一能夠對抗藍坎斯洛普的存在，也就是瑪那能力者，且灌注心血培育與運用他們。

「嗚……咕……！」

梅莉達握緊木劍，試圖爬起來。那讓人心痛的模樣，讓人意外地聯想到她與庫法或學校教官對戰時，也毫無招架之力的那副光景。

一隻南瓜頭彷彿在嘲笑梅莉達一般猛力踹向她的手。梅莉達發出「啊！」的哀號聲，只剩一半的木劍同時在半空中轉圈飛離。

「好……痛……可惡！」

梅莉達握緊滲血的手心，直接揮拳攻擊南瓜頭。張大眼睛的南瓜頭像是在跳舞般踏步並絆住梅莉達的腳，梅莉達順著飛撲過去的氣勢，臉朝下倒落到地面上。

「呼咕！……嗚……！」

梅莉達整張臉沾滿泥巴，趴倒在地上，三隻南瓜頭包圍住她。南瓜頭咯咯笑著，跳起詭異的舞蹈，彷彿在嬉戲般用巫婆鞋踹飛梅莉達。

牠們指著在地面上滾動的的梅莉達，又發出刺耳的爆笑聲。

「嗚……嗚……唔……！」

梅莉達抓著泥土痛苦掙扎，她依然試圖爬起來。

——她究竟在做什麼？庫法在草叢中蹙起眉頭。

沒有瑪那的普通人無論怎麼掙扎，都敵不過藍坎斯洛普。無論是貴族子弟或平民小孩，都會在幼年學校聽到老師這麼千叮嚀萬囑咐。因此平民必須拚命躲避藍坎斯洛普，貴族則必須為了保護平民挺身戰鬥。

梅莉達並沒有瑪那，因此她只要求救就好了。明明如此，為何她從剛才開始，就一直拚命忍住快滲出來的淚水，連一聲哀號也不想發出來呢？

卡帝納爾茲學教區布滿騎兵團的優秀部隊，梅莉達只要大叫出聲，向正在巡邏的部隊呼救即可。他們肯定會打著呵欠幫忙收拾掉這種最低階的藍坎斯洛普。還是說，梅莉達害怕那樣會把宅邸的女僕們捲進來呢？但她應該知道現在身為瑪那能力者的庫法也在宅邸裡才對——————…………

庫法難以掌握到答案，同時眼前的狀況正逐漸往更糟的方向發展。

「已經……夠了吧……快回去啦……」

依然趴倒在地面上的梅莉達這麼呻吟。那群南瓜頭的視線集中到她身上。

屢次被施加壓力，就表示這並非第一次襲擊吧。牠們至今應該也好幾次在梅莉達自主訓練時現身，單方面地開戰，並在演變成大騷動前撤退才對。那狀況恐怕就跟現在完全一樣——

不過這次牠們的樣子與以往不同。其中一隻南瓜頭亮出手臂，生鏽的鉤爪發出聲響，從袖口飛射出來。牠伸出另一隻手，抓住梅莉達散落在地面上的金髮，然後粗暴地往上拉扯。

「咦？做什麼……好痛！」

梅莉達的嘴唇中首次發出像是哀號的聲音。南瓜頭將梅莉達及腰的金髮用力往上拉，然後將生鏽的鉤爪貼到金髮的中間部分。

梅莉達察覺到狀況，表情忽然緊繃起來。

「騙人，不要……快住手！別碰我頭髮！」

雖然她立刻試圖一躍起身，但其他兩隻南瓜頭按住她的身體。拉扯梅莉達的頭髮，並將鉤爪貼在她頭髮上的那隻南瓜頭浮現下流的奸笑。

梅莉達一邊掙扎，一邊以拚命的表情吶喊：

「快住手啦，放開我！那是母親大人的遺物！與已故的母親大人是相同的金色！要是失去這個，我就再也無法回想起母親大人了！」

『咯咯……咯咯……咯咯……』

南瓜頭彷彿想說那還真令人愉快似的嘲笑著。

梅莉達的祖父莫爾德琉卿甚至派出像庫法這樣的刺客前來，顯然他已經等到不耐煩了。畢竟他都放話說「倘若不是聖騎士，殺了她也無妨」，事已至此，他根本不打算手下留情吧。

他已經做出判斷，假如梅莉達因此死亡，那也無妨。

「嗚……嗚……放……開我……！」

梅莉達用盡全力，試圖擺脫南瓜頭牠們的蠻力壓制。明明她只要用那些體力求救，事情說不定就會立刻解決，但她仍然沒有呼救。

──為什麼？庫法對梅莉達產生一種原因不明的焦躁，她為什麼不呼救？

庫法的膝蓋反射性地跳起，理性的左手立刻壓住膝蓋。無法化為言語的衝動正推動著自己。為什麼，為什麼，為什麼──……

最終由梅莉達本身的話語揭曉了那答案。

「我……必須好好珍惜頭髮才行啊……！我必須進入聖都親衛隊才行！因為，因為不那麼做的話，就真的……」

「沒有任何人會承認我是安傑爾家的孩子了……——」

肉眼看不見的電擊，一口氣從頭頂竄到腳尖。

庫法在執行這項任務前，把關於安傑爾家的資料大致都記了起來。他記得其中有下面這樣的描述：

「安傑爾家輩出的聖騎士，所有人都具備隸屬於聖都親衛隊的經驗」。

梅莉達也意識到這點嗎。她之所以揮舞不合她身高的木劍，是因為相信自己是聖騎士嗎？都到了這種時候，她還是沒有呼救的原因——

是因為一旦呼救，就等於承認自己是「不具備瑪那者」。

不是貴族的女兒，不是安傑爾家的孩子——是因為這樣嗎？

庫法瞬間像個洩了氣的皮球。啊，真是個不好笑的玩笑。

我究竟在這種沉悶的草叢裡做什麼啊——………

「嘎啊啊————！」

南瓜頭發出尖銳的怪聲，終於揮起了鉤爪。隨後，一把匕首發出「鏘——！」的清脆聲響，插入南瓜頭的中心。

雖然不是多大的傷害，但出乎意料的狀況讓牠們呆楞地停下動作。

「別碰我的主人。」

南瓜頭一起轉頭看向從暗處走出來的軍服人影。

所有感情都從庫法閃爍著殺機的眼眸消失無蹤。

「快滾。」

空氣「轟！」地震動起來，隨後一隻南瓜頭的頭部便被十字形的斬擊砍飛。庫法在往前踏步的同時握住插在南瓜頭上的匕首，縱橫揮動，當牠們認識到庫法的身影闖入自己懷裡那瞬間，庫法已經讓一隻南瓜頭斷氣。

不過就在同時，匕首承受不住瑪那的壓力而粉碎了。那原本就並非對付藍坎斯洛普用的武器。庫法立刻抽出鋼絲，以看不清楚的速度揮動手臂。他將鋼絲捲到另一隻驚愕地呆站在原地的南瓜頭脖子上，隨後瑪那的蒼藍火焰立刻流洩到鋼絲上。

南瓜頭總算察覺到狀況，牠拚命地想扯開鋼絲，同時大聲嚷嚷著什麼。

「『救命』……？」

庫法眼睛眨也不眨。

「你怎麼會以為能活著回去？」

庫法銳利地揮下握著鋼絲的手臂，於是──砰！一聲，南瓜頭的頭飛離了身體。第三隻，也就是最後一隻南瓜頭，是最準確判斷出情勢的。牠在目睹到庫法速度的瞬間，便背對著庫法逃離現場。牠應該理解到雙方的能力值就如同字面一般天差地遠吧。在第二隻的頭落地時，牠已經逃離到鋼絲的攻擊範圍外。

不能讓南瓜頭回到莫爾德琉卿身邊。庫法將燃起的瑪那集中在右手心，開始發動初級的攻擊(Assault)技能。

「『幻刀三叉』……」

蒼藍火焰捲起漩渦，同時急速地被磨礪，在手心延伸出去的空間上製出刀刃的形狀。彷彿透明般的三把薄蒼刀，跟著庫法的手臂搖動起來。

「『虛空牙』！」

庫法伴隨著犀利的前踏，一揮手臂。瑪那蒼刀從相隔遙遠的距離，朝南瓜頭的背後飛翔而去。三把蒼刀像是要阻斷南瓜頭退路似的從三個方向追趕而上，在三把劍各自交集的會合點──唰！一聲地切碎小丑服。

被分割成三塊的南瓜頭，還來不及發出哀號，就滾落在地面上。

不靠威力或華麗程度，只是專心一意地追求速度與精準度，這就是武士位階的戰鬥風格。站在幾乎跟一般人沒兩樣的梅莉達的立場來看，是眨眼間發生的事情。才剛感受到了些微聲響與光亮，周圍就已經恢復寂靜。

梅莉達眨眨眼並抬起頭一看，只見身穿軍服的高個子背對著自己。

「老……師……？」

聽到梅莉達出聲呼喚，庫法轉過頭去。

他正心想著「不小心動手了……」而對自己感到傻眼。

這是明顯違反委託人意願的行為。必須設法敷衍三隻南瓜頭的死，讓莫爾德琉卿能夠信服才行。況且在這種高層市區（坎貝爾）被人發現南瓜頭的話，可是會引起大騷動的。得高明地處理掉屍骸才行……

不過那種狡猾的思考，在庫法轉過頭的瞬間煙消雲散。

雖然一根也沒讓人奪走，但當庫法看到攤在地面上，沾滿泥土的金色頭髮，目睹到自己覺得「尊貴」的少女沾滿血與淚的表情那一瞬間——

「……我來遲了，十分抱歉，小姐。」

庫法單膝跪下並伸出手，於是梅莉達踉蹌地搭著庫法的手站起身。

梅莉達揉了揉眼角，結果泥巴的痕跡擴散得更嚴重。

「不……給你添麻煩了……對不起。」

「小姐。」

庫法將梅莉達的雙手拉近自己。

他用力握緊梅莉達的手，希望將自己的熱度傳遞給梅莉達冰冷的指尖。

「小姐，請特別允許我助妳一臂之力吧。我想成為妳的力量。無論是在怎樣的暴風雨中，我都一定會回應妳的聲音。」

「…………！」

梅莉達一直緊咬的嘴脣，忽然鬆懈了下來。

她宛如紅寶石般的瞳眸驚訝地張大，大顆淚珠潸然而下。

——然後就再也停不下來了。

「嗚……嗚……嗚啊啊啊啊啊啊啊啊啊！啊啊啊啊啊啊——！」

梅莉達以響徹廣大植物園各個角落的音量大聲哭泣。

庫法心想，這份量應該不光是今天一天份的淚水吧。

† † †

兩人返回宅邸，在被植物園包夾的小徑上，可以看見金色與黑色的主從身影。

哭得唏哩嘩啦，吶喊到喉嚨痛，將內心的東西全部吐露出來後，梅莉達總算稍微冷靜了下來。她似乎是個堅強的孩子，覺得被看見了丟臉的一面後，有一陣子都顯得很難為情的樣子。

梅莉達很自然地牽著庫法的手往前走，同時忸忸怩怩地抬頭仰望庫法。

「那個，老師……你記得今天在學校見過，叫做愛麗絲的女孩嗎？」

「咦？記得。我只聽說過她是小姐的堂姊妹這件事。」

「你看到了我們在吵架的場面對吧……」

梅莉達看似為難地笑了。她一直很苦惱在大教堂後方碰到庫法一事。庫法心想，梅莉達是個對內心微妙的變化很敏感的女孩呢。

梅莉達一邊緩慢地走著，同時一字一句地說道：

「我們以前感情非常好。愛麗比較遲鈍，經常被周圍誤會不曉得她在想什麼。但她其實很懦弱又愛哭……所以我一直覺得『必須由我來保護她』。」

梅莉達小聲地呵呵笑了一下，但表情又隨即黯淡下來。

「……但進入幼年學校過了幾年後，我們的關係就改變了。」

「改變了？」

「無論經過多久，我的瑪那都沒有覺醒，但愛麗卻成了聖騎士，突然被大家認同。不知不覺間，反倒是我被拋下了。變成她包庇遭到霸凌的我……以前明明立場相反呢。」

然後現在就是這樣子——梅莉達有些自嘲地說道。

「老師看到我在學校的樣子了吧。即使被同班同學揶揄，也只能笑著敷衍過去，一句話也反駁不了。一想到愛麗看見了我這副模樣，我就覺得好羞愧，好丟臉……根本沒臉見她……！」

梅莉達的獨白讓庫法的內心緊揪起來。這就是所謂的心理創傷。比起普通地遭到毆打或是痛罵，在眾人面前被羞辱的經驗，會更加深刻地烙印在心底。

「我稍微能明白小姐的心情。」

「老師也能明白？不會吧，老師明明這麼傑出……」

「我是『夜界』出身。」

梅莉達驚訝地瞪大了眼睛。她似乎不太能理解。

「咦……那是指位於坎貝爾外面，下層居住區的……？」

「還要再更外面。就如同字面意思，我是從夜晚領域逃到弗蘭德爾來的。」

梅莉達的眼睛愈睜愈大，像是大吃一驚似的吶喊：

「什麼！有人住在弗蘭德爾外面嗎？」

「與其說是住在那裡，不如說是勉強苟活著的狀態呢。雖說是受詛咒的夜晚，但也並非會立刻把人變成怪物。所以數量雖然極少，但還是有人因為各種理由被留在夜晚領域，只好偷偷摸摸地避開藍坎斯洛普的耳目，居住在那裡。」

「唔咦……」

梅莉達愣住的表情實在太滑稽，庫法稍微笑了出來。

雖然沒有刊登在學校的課本上，但委託給騎兵團的任務之一「探索夜界」當中，除了獲得新資源與生存圈，還包含救助這一類難民。

庫法凝視著遠方的天空，包圍學教區的玻璃容器（坎貝爾）另一端，繼續說道：

「在我懂事的時候，已經徬徨在夜界的大地裡。我現在也清楚記得周圍像是要壓扁人的黑暗，以及彷彿隨時會燃燒殆盡的燈光有多麼不可靠。我與我的母親真的是很幸運才能到達這座都市，撿回一命。」

「老師的母親大人嗎？」

「對。雖然在弗蘭德爾開始生活沒多久，她就過世了。」

雖然看到梅莉達洩氣的表情，讓庫法覺得很抱歉，但他仍繼續說道：

「雖然在夜界的強行軍原本就讓母親的身體到達了極限，但更折磨母親的是壓力。也就是弗蘭德爾民眾對於夜界出身者的歧視。」

「歧視？」

「聽說『被留在夜界的人，身體會因詛咒而汙穢，靠近他們會被傳染』的樣子。我小時候也被附近的小孩叫做『細菌』。」

「真過分！」

皺起眉頭替庫法感到生氣的梅莉達，讓庫法抱持好感。

「當然那是毫無根據的謠言。不過重要的並非『事實如何』，而是『大多數人怎麼想』，所以那種歧視眨眼間就滲透到民眾當中，無止盡地惡化下去……儘管如此，母親直到斷氣前的最後一刻，都還是希望至少她深愛的兒子，也就是我能獲得幸福。」

「…………」

這之後的事情不能告訴梅莉達，但夜界出身，失去庇護者的小孩終於因此失去了生活的地方。這時收養庫法的，就是那個「不存在的黑暗騎兵團」。

後來，庫法被迫拿起匕首，就好像拿湯匙一樣自然；他的青春時代都耗費在宛如活地獄一般的訓練上，現在則被迫在那種卑鄙的大叔底下做些髒工作……

「所以說呢，小姐，我覺得非常羨慕。」

「羨慕？」

「我雖然有接受教育，但沒有上過學。有時會看到穿著學生服的小孩們，我從以前就很羨慕他們。像那樣跟朋友談天嘻笑、上學念書、放學後到咖啡廳嬉鬧、假日與女朋友約會……我有一點嫉妒他們能夠過著那種理所當然的青春時代。」

這時庫法轉頭看向梅莉達，面露微笑。

「——但上學也是有上學的各種苦惱呢？」

梅莉達一瞬間露出驚慌失措的表情，但她立刻回以笑容。

「就是說喔。老師，因為學校是戰場嘛。」

「呵呵。」

「嘿嘿……」

兩人相視而笑。在聊天的期間，梅莉達的體力似乎也恢復了不少。

差不多該提出那件事了嗎。庫法這麼心想，忽然停下腳步，表情嚴肅起來。

「小姐。」

梅莉達似乎感受到氣氛的變化，她的身體抖了一下，也緊張地停下腳步。

「是……是的。」

「我有個提議。」

「提議……？」

梅莉達一臉納悶——對於這個年僅十三歲，以自己的立場來看相當年幼的女孩，庫法慎重地挑選用詞，繼續說道：

「今天一整天，我以家庭教師的身分觀察小姐的樣子……我坦白告訴妳，照這樣下去，小姐無論累積多少鍛鍊，要覺醒成瑪那能力者的可能性都極為渺小。」

梅莉達的表情一瞬間閃過各種感情。

「咦…………」

「偶爾會發生雖然誕生在貴族世家，卻沒有繼承到瑪那的情況。這種事情不太會浮上檯面，而且小姐的情況是誕生在騎士公爵家，應該會讓許多人陷入混亂……」

庫法為了掩飾她的出身而扯了些謊，但梅莉達幾乎沒聽進去。

她低下頭，在胸口的位置緊握住小小的拳頭。

「是這樣……嗎？」

但庫法沒給她沮喪的時間，挺身問道：

「所以我有個提議，小姐，要不要試著將生命託付給我？」

「咦……？」

「雖然是個危險的賭注——但有方法可以讓小姐的瑪那覺醒。」

梅莉達的反應就宛如旅人找到海市蜃樓的綠洲一般。

她的嘴脣像是在渴望空氣似的顫抖，幾乎是無意識地發出詢問：

「要怎麼做……？」

「要使用尚未公開，還在實驗中的治療藥。在藥劑裡混入能力者的瑪那——這次的情況就是混入我的瑪那請小姐服用，藉此對小姐處於深休眠的瑪那造成衝擊，得以喚醒瑪那……有這樣的可能性。」

這番話也有一半是謊言，實際上庫法盤算的方法是「移植瑪那」。

也就是插枝理論。

將庫法體內的樹木（瑪那）剪下一根樹枝，移植到梅莉達身上。被剪下樹枝的樹木會長出新樹枝，所以並無大礙。然後被移植的樹枝會在地底下生根，長成壯碩巨大的樹木。

「只不過，這相當危險。這種技術的成功率大約七成……十次中有三次會失敗。」

「萬一失敗，會怎麼樣呢……？」

庫法有一瞬間心想是否該說得委婉點，但還是決定據實以告。

「會留下後遺症。」

「後遺症？」

「不曉得會出現怎樣的症狀。就我所知範圍，有人一隻手長滿鱗片而剝落；有人臉部從內側崩塌，變得像鬼一樣醜陋；還有人全身肌膚變成綠色，狀況不一。而且這些後遺症無論看怎樣的名醫，都絕對治不好，會殘留一輩子。最糟的情況……甚至有可能喪命。」

「——嗚！」

就連梅莉達似乎也感到毛骨悚然，她抱住自身的肩膀。

人變得不再是人而死去，對庫法而言也是不太舒服的事情。不過，黑暗騎兵團的瘋狂科學家倒是有些得意地說過「改變基因結構就是那麼危險的行為」。

「我無法主動強制小姐。妳要怎麼做？」

「…………」

從旁也能看出強烈的糾葛在她嬌小的身體裡奔馳著。

這可不是一句「試試看吧」就能了事。「早知道就不做了」是不管用的。

這個選擇會讓梅莉達的人生分歧成兩條完全不同的路。

命運並非由神掌控，而是極為罕見地委託給自己決定的瞬間——

不過看到梅莉達一直無法做出結論的背影，庫法心想，要背負那樣沉重的壓力，十三歲這樣的年齡或許還不夠成熟。

「…………」

過了氣氛緊張的五分鐘時，庫法緩和語調說道：

「當然，就算小姐不做，我也不會辭掉家庭教師一職。我會好好地協助小姐成長，直到小姐畢業為止。妳不用現在立刻做出結論也沒關係喔，怎麼樣呢？」

「我要做。」

梅莉達這麼說。

她握緊胸口的表情，該怎麼形容才好呢？

她沒有哭，沒有敘述理由，也沒有精神喊話。

她只是又一次清楚地說了：

「我要做。」

「……這樣啊。」

庫法靜靜地點頭，單膝跪在石板路上。

存在於坎貝爾內的綠意，當然不可能是自然的植物。庫法在奇蹟般的花叢包圍下，將梅莉達的左手拉近自己，親吻她的指尖。

「……My Little Lady。」

「咦？」

「就如同小姐將生命託付給我一樣，此刻我也為小姐賭上生命。」

庫法笑著仰望看來不太能理解情況的十三歲主人。

「必須準備一下才行，來，我們快點回宅邸吧？」

† † †

兩人穿過陽台，從一直開著的窗戶回到梅莉達的寢室。這是應該私底下進行的行為。庫法小心地避免吵醒宅邸的女僕們，當場開始準備。

他仔細地磨碎佩布羅特葉，混入中和液使其徹底融化。然後加上紅魔蝶的燐粉更進一步攪拌，之後再滴入一滴水精鑽石，液體便會開始冒泡，同時逐漸染成粉紅色。還有……為了容易入口，添加一湯匙的蜂蜜吧。

該說有備無患嗎。準備了各種道具前來果真是正確的。從讓人熟睡來殺害的毒藥，到引發重病的毒藥，只要改變素材的配方，這些毒藥就會變成庫法剛才說的那種「治療藥」。因為無論哪一種都同樣是劇藥。

完美地計算材料的份量，正確地按照順序添加，連攪拌次數與速度都經過計算……庫法持續這種會耗損神經的作業，調配幾項材料，最後砰地冒出一團白煙，燒杯裡的液體散發淡淡的光芒。

只要將庫法的血液與唾液混入這裡面，移植瑪那的藥就完成了。

庫法咬破口腔，於是血液伴隨著銳利疼痛滲出。庫法轉過頭去。

「完成嘍。」

梅莉達坐在床上等候著。庫法事先指示了梅莉達準備好隨時能躺下，因此在庫法專心調配藥劑的期間，梅莉達換上了睡衣。

在藥劑完成前的時間，梅莉達一直默默凝視自己的膝蓋。不過庫法沒看漏自己向她搭話時，梅莉達纖細的肩膀抖了一下的樣子。

「……」

梅莉達沒抬頭，宛如石頭一般僵硬著身體。

庫法暫且放下燒杯，開口詢問：

「還是算了？」

「不……不用，不是那樣的……」

梅莉達戰戰兢兢地抬起視線，仰望庫法。

「那個，老師……可以請你對我撒一個謊嗎？」

「撒謊？」

「是的……希望你跟我做個約定，不用當真。」

梅莉達抱住自己纖細的肩膀，繼續說道：

「服用那種藥劑後，如果我的身體變得很畸形……到時候，老師願意娶我當新娘嗎？」

「小姐……」

「不……不用當真啦！只要這時候撒個謊就行了……讓我稍微安心一下。」

「…………」

庫法單膝跪在床鋪前，牽起梅莉達的手指。是他剛才親吻過的手指。

「……請放心，小姐。治療一定會成功，因為很多故事已經證明悲劇的公主最後一定會獲得幸福。」

梅莉達綻放燦爛的笑容。

「那麼老師是王子殿下嗎？」

「真……真要說的話，我應該是帶來毒蘋果的邪惡魔法使吧……」

梅莉達有一點不滿的樣子，將身體探向前方。

「就……就算邪惡魔法使是王子殿下，一定也很棒。」

「還真是荒謬的殘暴王子呢……」

竟然會自己先將對方推落谷底再救上來，這嶄新的設定可能就連愛作夢的少女都會嚇醒。庫法一臉無奈地苦笑，於是梅莉達也感覺很滑稽似的呵呵笑了。

纖細的身體像是放下了重擔一般，呵呵笑地搖晃著。

那麼——這會成為故事的開頭，抑或悲劇的結尾呢？

審判的時間到了。

「我們開始吧。」

庫法站起身，於是梅莉達也表情嚴肅地點點頭。庫法也點頭回應，將燒杯靠近嘴邊，這時梅莉達慌張地出聲制止庫法。

「奇……奇怪，為什麼是老師吃藥呢？」

「咦？啊，對了。抱歉，我沒有向妳說明呢。」

庫法忘了說關鍵部分。他暫且將燒杯放回原位，繼續說道：

「因為會使用我的瑪那當作藥劑最後的材料，必須讓藥劑一度經由我的身體才行。而且這之後讓藥劑接觸到外面空氣的話，成分會產生變化，因此要請小姐直接從我的嘴裡服用。」

「那也就是說要…………接……接吻……！」

梅莉達的金髮砰！一聲地跳起，羞得滿臉通紅。

……嗯，正確來說是嘴對嘴餵藥，但對十三歲的少女而言，兩者是一樣的吧。從這個反應與她的生活來看，肯定是她的初次體驗。居然是以這種形式奪走她重要的初吻，就連庫法也不禁感到有些同情。

「還……還是算了嗎……？」

「不……不……不是的！我並不是討厭！那個……」

梅莉達按住紅通通的臉頰，拚命想遮住臉。

「我覺得真的好像童話故事一樣……討厭，我真是的……！」

原……原來如此。倘若從王子殿下嘴裡流入她口中的不是改造基因的毒藥，或許的確可以說很浪漫吧。

不過，如果要動手，不請梅莉達先做好覺悟就傷腦筋了。藥劑從含在庫法嘴裡的瞬間起就開始了變化，要是在前一刻猶豫，對彼此都很危險。

「沒問題嗎？」

「沒……沒問題！小……小女子不才……」

「妳別這麼緊張，身體放鬆點——那麼，要動手嘍。」

重要的是氣勢。庫法只給梅莉達五秒鐘做心理準備，便一口氣飲下藥劑。累積在嘴裡的血液與唾液混入藥劑那瞬間，彷彿要爆發般的刺激竄過藥劑。

從現在起一秒也不能遲疑。庫法抓住梅莉達纖細的肩膀，未經確認便將嘴唇壓上。

庫法壓上自己的嘴唇，強硬掰開緊繃的桃色嘴唇。

「嗯唔……呼……！」

藥劑開始轉移了。絕非容易入口的味道，與舌頭像要麻痺般的刺激。加上梅莉達沒有接吻的經驗，因此她的動作有些僵硬。一個搞不好，藥可能會灑出來。

梅莉達心想不是感到害羞的時候，而將手臂繞到庫法脖子上抱住他。梅莉達讓兩人的嘴唇緊密貼住，舌頭彼此交纏，拚命地吞下藥劑。份量不算少的液體咕嚕咕嚕地滑落過小巧的喉嚨。

經過彼此都汗流浹背的數十秒後，藥劑總算全部轉移完畢了。梅莉達有些依依不捨地緩緩移開嘴唇，一聲異常性感的「啵」聲響迴盪周圍。

梅莉達發現不知不覺間，兩人都用力緊抱住彼此，而猛然將身體移開。她低下去的頭連脖子都紅了，嘴唇彷彿要融化般發燙。

不過，就在移開身體後沒多久。

噗通！梅莉達的身體猛然彈起。

「嗚……！」

「不可以吐出來，請忍耐點吞下去。」

庫法隨即制止按住嘴邊的梅莉達。

此刻藥劑正在梅莉達的身體裡開始劇烈變化。她應該感覺岩漿在胃裡沸騰，全身關節彷彿山崩地裂似的疼痛，且寒冷得宛如被扔到冰山一般。

梅莉達實在無法維持理智，她倒落到床鋪上。庫法抱起梅莉達，讓她躺著枕頭睡，並幫她蓋上好幾層棉被。

之後就是與時間的戰鬥。

再過幾個小時，在女僕們起床前，結果就會出來。

可以獲得瑪那；還是輸給藥劑，身體毀壞——

「嗚……嗚……嗚嗚～……！」

「我會在旁看著，請小姐放心休息。」

雖然梅莉達大概聽不見，庫法仍向她這麼說道。梅莉達此刻痛苦得無法成眠，話雖如此，但她的意識應該朦朧到無法維持自我才對。這地獄要讓十三歲的少女體驗，實在超乎想像。

庫法俐落地收拾調配器具與材料，拉了把椅子坐到床鋪旁。他從事先準備好的臉盆裡拿起毛巾並擰乾，幫忙擦拭梅莉達的汗水。

今天剛成為庫法主人的小女孩，或者說是可憐的暗殺對象。庫法重新自覺到自己在做非常荒謬的事情。

即便這個手術成功，梅莉達獲得的位階也不是她期望的聖騎士，而是跟庫法同樣的武士位階。那樣是無法讓委託暗殺的莫爾德琉卿信服的。他為了否定梅莉達的母親梅莉諾亞．安傑爾有外遇，想請庫法證明的是梅莉達具備騎士公爵家的血統。

庫法早已經知道梅莉達並未繼承公爵家血統。萬一庫法試圖隱蔽這點的事穿幫，這次就換庫法成了暗殺對象。倘若只考慮到保身，讓梅莉達就這樣死去會比較好。

——必須想想今後該怎麼做……

幾小時後，如果梅莉達成了一具奇形怪狀的屍體，必須將她跟那三隻南瓜頭一起處理掉才行。應該埋在森林裡比較好嗎；還是裝到棺材裡，沉入河底呢？她要是半吊子地苟活下來反倒更傷腦筋。倘若被人知道庫法對她施加了這種手術，無論是對外或對內，事情都沒那麼好解決。

說真的，我究竟在做什麼呢……——

「……母親……大人…………」

就在這時，梅莉達微弱地發出聲音。是夢魘讓她呻吟。

「母親大人……父親大人……你們在哪……？」

她無意識地舉起手臂，伸向沒有任何人的漆黑天花板。

「不要丟下我……一個人…………」

梅莉達闔上的眼角溢出一行淚水。她彷彿精疲力盡似的垂下手臂。

在手臂即將掉落到棉被前——啪！庫法一把抓住梅莉達的手心。

「加油，小姐……！」

庫法順勢將梅莉達的手心貼到自己額頭上，用雙手使力握緊。

「加油，加油……！別在這種地方認輸……！」

庫法將手肘靠在床鋪邊緣，對貼在額頭上的小手一心一意地祈禱。

身為殺人犯的自己所做的祈禱，有任何意義嗎？

倘若沒有，就算是詛咒也行。希望自己的話語能成為鎖鍊，將這女孩的存在挽留在這世界。

「活下去，活下去，活下去，活下去……！」

庫法緊緊閉上眼睛，只是感受著宛如雪一般冰冷的手指感觸，同時不斷祈禱。

就在這時，梅莉達原本看似痛苦地蹙緊的眉頭，忽然緩和下來……

「……老師……………」

她像是感到安心似的發出微弱到彷彿聽不見的吐氣。

† † †

「嗯……」

大約過了多久的時間呢？

一瞬間有視野轉白的感覺，然後一股慵懶的無力感襲向全身。眨了眨沉重的眼皮，鮮明的光芒刺激著視網膜。

世界的明亮告知了「早晨」的到來。人們的活動時間帶逐漸接近，幾萬座路燈的光芒也隨之增強到炫目。原本進入夢鄉的城市，發出聲響開始動作。

迎接了久違的緩慢覺醒，庫法他——立刻跳了起來。

「糟了，我睡……？」

庫法自己都不敢相信，擦拭著根本沒流出來的口水。

原本明明打算熬夜照料梅莉達的，卻似乎很乾脆地輸給瞌睡蟲，昏睡了過去。用移植術切割瑪那的確相當耗費體力，但這麼毫無防備地陷入熟睡，實在沒資格當情報部隊的特工。

「對了，小姐呢……！」

枕邊——已不見梅莉達的身影。只有凌亂的棉被述說著她的痕跡。

既然梅莉達自己下床去了哪裡，就表示至少她並沒有死。不過，醒來的她究竟變成什麼模樣了呢……

就在這時，不知從何處傳來了少女「呀啊！」的哀號。

是在宅邸工作的女僕們的聲音。

「……唔！」

庫法緊張地吞了吞口水。

一看之下，只見窗簾在窗邊隨風搖曳。窗戶是開著的。從庭院那邊感受到好幾個人在到處跑的氣息。少女們的哀號依舊斷斷續續地響起。

庫法立刻察覺到騷動的中心是梅莉達。

「小姐……！」

庫法以遲緩的腳步奔向窗邊。他用顫抖的手心握住窗簾，一口氣拉開。

「小姐！」

隨後，白色火焰砰！一聲地在庫法眼前膨脹起來，庫法忍不住上半身往後仰。

「唔哇！」

「──啊，對不起，老師！」

聽見似乎很慌張的聲音，庫法不明所以然地頻頻眨眼。

首先，在眼前燃燒的火焰根本不會熱，這並非自然的發火現象。顏色也是宛如獅子鬃毛般的高貴黃金色──是瑪那火焰。

是在廣場中央浮現滿面笑容的女孩所發出來的火焰。

「你看，老師！」

彷彿花蕾綻放一般，梅莉達猛然舉起雙手，黃金色火花大量飛舞，有如翩翩起舞的花瓣傾瀉而下。

梅莉達宛如芭蕾舞者似的跳起舞蹈，於是從她指尖迸出的輝煌火焰有如大蛇一般彎曲身體，妖豔地替舞蹈增添色彩。

看到在空中飛舞交錯的光之亂舞，宅邸的女僕們興奮不已。大家都穿著睡衣且光腳在庭園裡到處跑，發出「呀啊呀啊」的尖叫聲嬉鬧著。

「好厲害，太厲害了，梅莉達小姐！」

「唔哇，您什麼時候學會這種魔法啦？」

「請看，庫法先生！小姐終於有瑪那……！」

女僕長艾咪飛奔到庫法身旁，啜泣著擦拭淚水。

「小姐和我們一直都夢想著這天的到來……！一定是庫法先生指導有方呢！該怎麼向您道謝才好呢……！」

「……是呀，我也覺得非常高興。」

庫法裝出感動的模樣，同時以手心遮住了半張臉。

隱藏在手掌下的是狂暴的笑容。

那麼——這下已經不能回頭嘍！

不能讓小姐知道母親有外遇。我是刺客這件事當然也是祕密。同時還必須向身為委託人的莫爾德琉卿與我所屬的「白夜」徹底隱瞞梅莉達真正的來歷，還有我特別偏袒關照她這件事。

只要有任何一個地方出錯，兩人都會立刻死亡——

所以……啊，我年幼卻高尚的主人(My Little Lady)啊。

請別讓我殺了妳喔！

梅莉達絲毫沒注意到刺客矛盾的視線，看似愉快地不停跳著舞。

女用睡衣的衣角宛如花瓣一般飄起綻開，輝煌火焰如同鑽石般替世界增添色彩。在中心處綻放耀眼笑容的少女，簡直就像太陽一樣美麗。

梅莉達・安傑爾

位階：武士

HP	144	MP	16		
攻擊力	14（11）	防禦力	12	敏捷力	17
攻擊支援	0～20%	防禦支援	—		
思念壓力	10%				

主要技能／能力

隱密 Lv1

綜合評價……【1-F】

【武士】

藉由高敏捷性與「隱密」這項能力，從死角葬送敵人的暗殺位階。根據瑪那的收縮，也能多少應用在中距離戰上。另一方面，因為不能期待防禦性能，與鬥士位階相反，可說是在戰場背面才能發揮其真正價值的位階吧。

資質〔攻擊：B　防禦：C　敏捷：A　特殊：中距離攻擊C　攻擊支援：C　防禦支援：—〕

LESSON: Ⅱ ～家庭教師如是說～

LESSON：Ⅱ　～家庭教師如是說～

——報告。

就任梅莉達・安傑爾的家庭教師才第一天，很快便確認到她瑪那的覺醒。

儘管位階還不明，但推測她身為聖騎士的可能性極高。

根據今後的培育方式，能夠充分期待她會有符合公爵家千金地位的成長。

因此應向委託人提議中止暗殺——

「不行啊。」

庫法將製作到一半的報告書揉成一團。

主觀太過偏袒梅莉達了。倘若不寫篇更沒有感情的文章，會遭到懷疑。要委婉且簡單地點綴真實，有效地摻雜最低限度的謊言。

「寫一張報告書要花多久時間啊……」

庫法摘下處理文書工作時用的眼鏡，仔細按摩眉間舒緩皺紋。

以家庭教師身分潛入梅莉達宅邸的第三天，時間即將邁入凌晨五點。熬夜坐在自己房間桌前的庫法，結果一覺也沒睡。

在執行這項任務前，庫法從未想過要捏造虛偽的報告書。從那次深夜的手術（接吻）後過了整整一天，庫法才總算湧現出真實感。

真實地感受到自己處於多麼危險的立場。

原本庫法已經必須殺害梅莉達・安傑爾才行。要拯救梅莉達，且保住庫法本身的立場，需要克服好幾道不合理的難關。

要瞞過上司眼睛，讓委託人信服，操作一般人的印象，而且不能讓梅莉達領悟到她身處不穩定的環境——

幾乎是不可能的任務。

三年後，自己與梅莉達能夠一起平安活著迎接畢業典禮嗎？

「……不過，已經無法回頭了呢。」

庫法再一次深刻體會好幾次說服自己的話語。

庫法鼓起幹勁從椅子上站起身，離開自己的房間。因為庫法別無選擇，只能完美達成這個難易度ＳＳＳ級的超級任務。庫法不會洩漏任何一點祕密，而且會完美地磨練那名少女，讓她變成宛如擁有光環的紅寶石！

為此，首先該做的是——庫法重新堅定決心，前往梅莉達的寢室。

庫法在房門前停下腳步，留意不要發出太大聲響，敲了幾次門。

「……小姐，可以打擾一下嗎？」

接著，庫法立刻感受到有人從房間裡走近的氣息。今天也一樣美麗的梅莉達禮貌地輕輕打開房門，露出臉來。睡衣打扮就宛如天使下凡，讓庫法感覺自己熬夜工作而暴躁的心靈逐漸受到滋潤。

在還不能稱為早晨，眾人安靜沉睡的氣氛中，兩人靜悄悄地互相鞠了個躬。

「早安，小姐——真虧妳能爬起來呢。」

「早安，老師——因為是老師的吩咐嘛。」

梅莉達這麼說，同時有些難為情似的把玩著金色髮絲。

「沒有啦，其實是昨天白天睡很飽，所以精神很好……」

「妳似乎有充分休息，真是太好了。」

庫法呵呵笑道，在不至於失禮的範圍內比了比房間內。

「可以進去打擾嗎？」

梅莉達立刻往後退一步，輕柔地笑著將房門大開。

「歡迎光臨，老師。」

梅莉達甜美的聲音與動作，讓庫法不禁當真覺得「她是天使嗎？」但這是不能說出去的祕密。

庫法再次踏進已經造訪過好幾次的妙齡少女的寢室。梅莉達身上總是飄散著溫柔的花香，但那似乎是艾咪自傲的入浴劑效果。梅莉達邀請庫法進房後，牢牢地關上房門。她咔鏘一聲地將房門上鎖，把鑰匙放到化妝台上。

「那麼，老師，你要說的重要事情是什麼呢？」

庫法沒有立刻回答，而是走近陽台邊，確認所有窗戶都已上鎖。他將原本為了通風而拉開的窗簾刷一聲地拉上，不留絲毫空隙。

——這麼一來，就沒有任何一個人能知道在這房間裡進行的事情。

剛讓瑪那覺醒的昨天，庫法為求慎重，讓梅莉達向學院請假休息。因此是從今天起才正式開始培育梅莉達。

不過在那之前，有無論如何都必須告訴梅莉達的事情，還有非做不可的事情。因此在昨天晚餐後，庫法悄悄地向梅莉達耳語：

「明天早上，我有重要的事情要告訴妳。這件事對艾咪小姐也請保密。」

梅莉達確實遵守庫法的吩咐，像這樣等候庫法到來。

庫法轉頭看向穿著睡衣，堅強且老實的學生，嚴肅地開口說道：

「其實有件事想誠懇地拜託小姐。」

「咦？好，什麼事呢？如果是老師的吩咐，請儘管說。」
「非常感謝。那麼事不宜遲，請小姐將身上穿的衣物都脫下來。」
「我知道了…………——慢點，什麼——？」
正要老實照辦的梅莉達，在前一刻回過神來，發出怪異的哀號聲。庫法將食指豎立在嘴唇前，「噓」地吹氣。他始終保持著泰然自若的表情。
「別發出太大的聲音，會吵醒艾咪小姐她們。」
「對……對不起……！可……可是老師，我看你一臉認真的表情，本來還以為有什麼事……！」
「我非常認真。我也覺得很難為情，但這是很重要的事情——小姐，妳還記得日前服用的藥劑非常危險這件事嗎？」
梅莉達楞了一下，大概是在摸索那晚的記憶。然後她凝視庫法的嘴脣，最後臉頰泛紅起來……嗯，她記得就好。
「小姐精彩地戰勝藥劑，獲得了瑪那。但為了以防萬一，也不能完全捨棄身體出現異常的可能性。因此我要檢查是否有問題。」
「那……那可以拜託艾咪……不，我自己也辦得到！」
「這個檢查並非單純地檢查表面上的異常狀況，也包括調查骨頭、肌肉和內臟，最重要的是瑪那器官是否正常運作著。當然檢查者必須是熟知肉體結構的武藝者，而且只有身為瑪那能力者的我才辦得到。」

例如今後梅莉達受傷，或是感冒看醫生時，倘若被發現身體某處有原因不明的異常，會怎麼樣呢？一般會決定追查根源，庫法進行的藥物治療將被揭露，當這件事傳入他人耳裡的時候，命運將劃上休止符。

在梅莉達去學校見到眾多人之前最後的機會。以毫米單位精密掌握梅莉達尊貴的身體，是目前對庫法而言的絕對必要條件。

「可……可是要脫光還是……」

「……真沒辦法呢，這部分我就讓步吧。小姐只要將衣服掀起來就行了。」

「掀起來……？」

「只要能大略看見全身肌膚即可，因此小姐只要掀起睡衣的下擺就行了。」

「你真沒神經！」

梅莉達拿枕頭毆打庫法。是少女的潛能嗎？這記攻擊相當不錯，但即使被打中顏面，庫法依然面不改色。他始終維持誠摯的態度。

「小姐，我要指導妳的話，這是無論如何都必要的事情。」

「唔唔～～～……！」

庫法並非誇大，而是當真賭上生命的訴求，讓梅莉達的內心也動搖了。梅莉達原本就並非感到厭惡，只是覺得被庫法看見肌膚很難為情而已。

不過梅莉達身為少女的羞恥心，似乎還是無法認同自己掀起衣服給庫法看這種事。

——真沒辦法。看來只能自己來扮演「壞人」了。

庫法在內心無奈地這麼嘆息，同時往前踏出幾步，在梅莉達腳邊單膝跪下。

「十分抱歉，小姐，我提出了無理的要求。還是重新考慮吧。」

「咦——？」

梅莉達像是忘了呼吸似的抬起頭，當然她連耳根子都紅通通的。

庫法面露微笑，從梅莉達腰部的高度抬頭仰望她。不過，那樣的溫柔似乎刺中了純真的心靈，梅莉達發出「嗚嗚」的呻吟，表情看似焦急地扭曲起來。

「對……對不起，老師。都怪我不中用……」

「沒關係的，小姐維持原樣就好。而且到頭來——還是一樣會請小姐讓我看的。」

「咦？」

「冒犯了。」

庫法的行動著實迅速，他流暢地抓住梅莉達睡衣的下擺，手掌用力一翻。啪沙！睡衣的褶邊與蕾絲飛舞起來，占據整片視野。

然後梅莉達的裸體幾乎毫無遺漏地暴露在庫法的視線中。

「咦……——」

梅莉達難以理解發生了什麼事情。衣服翻動的時間，實際上根本不到一兩秒，但是身為武士位階的老手庫法，充分發揮他的動態視力與反應速度，詳細檢查在眼前拓展開來的膚色每個角落。

看來可口的大腿、俏麗的桃色內褲、小巧的肚臍與難以想像是十三歲的小蠻腰，還有微微膨脹起來的少女雙丘……雙丘因風壓影響而像布丁一樣輕輕晃動，以及在雙丘前端立起來的櫻花色——

庫法確認完這些後，總算回過神的梅莉達按住衣襬。

「呀啊啊啊啊啊啊啊啊！」

梅莉達以前所未有的尖叫替她人生最大的衝擊增添色彩，並按住胯下。梅莉達包含滿滿空氣的睡衣下擺，依依不捨似的飛舞飄落。

「什……什……什什……什麼……咦……你……你看見……？咦……咦……？」

梅莉達像是因熱失控而壞掉的音樂盒一般低喃，看來無法徹底處理發生在自己身上的事情。庫法在面紅耳赤的梅莉達面前緩緩地站起身。

前面看起來沒有任何異常——庫法宛如機械般這麼判斷，同時脫掉軍服外衣，扔到

地板上。他捲起襯衫袖子，像要舒緩筋骨似的活動五指。

「小姐，來一場特別測驗吧。我從現在起會盡全力去掀小姐的睡衣，請小姐阻止我的行動。如果睡衣被我掀起十次，就是小姐輸了；如果能在那之前逃離這房間，就是小姐獲勝。那麼，開始。」

「咦，什麼，特別測驗，那……那是什麼呀？——好快！」

咻！繞到梅莉達背後的庫法，在穿過她身邊的同時掀起睡衣。小巧的臀部與稍微卡在股溝間的內褲，以及讓人不禁想伸手撫摸的白皙脊背——庫法仔細觀察後，梅莉達的手心晚一步追了上來。

「呀啊啊啊啊！慢……慢點，老師！我要生氣嘍！」

「十分抱歉，我也覺得愧疚無比，但這是絕對必要的不可迴避條件，就憑我的意思實在愛莫能助——好，第三次了。」

「呀啊！雖……雖然我不是很懂老師說的意思，但請你不要像順便一樣地掀起我的睡衣！倒不如說，為什麼老師明明沒使用瑪那，動作卻這麼快呢！」

「雖說我是瑪那能力者，但基礎還是本身的體力。只要有單手單腳，就足以壓制現在的小姐了。先不提這些，小姐簡直毫無抵抗之力不是嗎？」

「呀啊！呀啊！呀啊～～～！」

題外話。

這場鬧得雞飛狗跳的大騷動，當然也傳到房間外面，加上熱衷工作的宅邸女僕們差不多已經起床一事顯而易見。之後到餐廳露面的庫法與梅莉達，受到愛聊八卦的婦女那種好奇視線的洗禮；不過言歸正傳吧。

「老師大色狼……！」

「隨妳稱呼。」

在特別測驗中輕易獲勝的庫法，讓梅莉達躺在床上做為懲罰。庫法確認完身體外側之後，接著要確認內側。也就是觸診。

這是為了檢查瑪那的排出孔，也就是曼托，以及身為通道的菲波萊塞。這些部位是否各自正常運作，是否有連接起來，是否通到末梢……這些部位就宛如生物一般流動不定，且比機械更加纖細，因此只能仰賴指尖的感覺。

話雖如此，但穿著睡衣趴在床上的梅莉達，似乎覺得這項作業還比較輕鬆。被人用指尖輕輕撫摸，大概會覺得很癢，但庫法並未將手伸到那麼不知羞恥的地方。這是因為他反倒比較難為情。

原本為了追求絕對的安全——應該讓梅莉達連內衣褲都脫掉並仰躺在床上，用手心確實精密檢查。但要是那麼做，小姐的尊嚴當真是岌岌可危，庫法今後也會不曉得該怎麼面對她。

這一瞬間讓庫法痛切地感受到，無論自己怎麼裝成大人，終究都還只是個十七歲的少年。

話雖如此，仍必須盡可能提高檢查的精密度。他已經請梅莉達將睡衣下擺掀到非常接近胯下的地方，梅莉達允許觸摸的部位，庫法也是毫不客氣地伸出手指確認。

梅莉達似乎在很多方面都放棄了掙扎，她像是腦充血一樣滿臉通紅地趴在枕頭上。

「……老師完全沒把我當成女孩子看待呢。」

忽然傳來梅莉達像是在鬧彆扭的聲音。庫法一樣沒有停下作業中的手，開口回答：

「沒那回事，剛才我也說過了吧。我也覺得很難為情，只是平時有訓練自己喜怒不形於色而已。」

「如……如果你當真覺得難為情，為什麼要做這種事呢？」

「我們才剛相識不久，妳可能會覺得很奇怪，但我非常重視小姐。」

「咦……」

梅莉達猛然抬起頭，轉頭看向庫法。

「所以一想到我的行為有萬分之一或億分之一的機率在小姐的身體留下傷痕，就害怕得夜不成眠。只要想到這點，無論被誰批評，甚至被小姐本身討厭，我本身的名譽和感情根本微不足道……現在我期望的只有一件事，就是小姐能健康平安，僅此而已。」

「…………」

梅莉達沉默了一陣子，似乎在思考什麼。

然後她用力緊咬嘴脣，向庫法打了聲招呼後，仰躺在床上。

她鬆開一直護著胸部的手臂，客氣地注視著庫法的眼眸。

「……對不起，老師。如果有需要檢查的地方，請隨意觸摸吧。」

「咦？好。」

是怎樣的心境變化呢？不過，梅莉達願意這麼說，庫法也比較方便檢查。話雖如此，但庫法的羞恥心還是會妨礙他，無法真的隨意觸摸。

庫法一邊比剛才更順利地進行觸診，一邊開口說道：

「話說回來，小姐，除了檢查之外，還有一件重要的事情必須告訴妳。」

「咦，好。什麼事呢？」

「其實小姐獲得的位階，很遺憾地並非聖騎士。」

梅莉達愣住了，她的眼睛睜得老大。

「咦……？」

「原本應該是身為顯性基因的聖騎士會顯現出來，但這也是非常偶爾會發生的情況。小姐可能會覺得很遺憾……」
不用說，這當然也是庫法為求方便撒的謊。因為梅莉達原本就不具備騎士公爵家的血統，是分配到庫法的瑪那，以人工方式打造出來的能力者，這也是當然的結果。
「那麼，我的位階是什麼呢？」
「是武士。」
「武士……跟老師一樣？」
「是的。」
梅莉達稍微陷入沉思似的仰望床頂篷後，搖了搖頭。
「……直到昨天的我，甚至無法獲得瑪那。沒能成為聖騎士雖然有點遺憾，但這也無可奈何。一定是祖先的血統影響較大。而且，竟然這麼幸運地與老師同樣是武士！我沒有任何怨言。」
「小姐……！」
但現在也不是眼泛淚光，深受感動的時候。
庫法動起忍不住停下來的手指，滑過梅莉達纖瘦的大腿。
「小姐能接受真是太好了——不過小姐，小姐獲得的位階是武士這件事，我想暫時對任何人都保密比較妥當。」

「咦，為什麼？」

「縱然小姐本身能接受，但小姐出身騎士公爵家，一定會出現散播惡意謠言的人。」

梅莉達一臉似懂非懂的表情，曖昧地點了點頭。

「既然老師這麼說，我會照辦的。但是，能一直隱瞞下去嗎……？」

「只要隱瞞這一陣子就行了。這件事遲早會被紀錄到能力表上，但只要在那之前留下實績，就能在某種程度上無視反對意見。」

「是這樣嗎？」

「就是這樣。」

這就是庫法與梅莉達要生存下去唯一的活路。

這次庫法被賦予的任務有兩個。只要達成「第一個任務」就行了。簡單來說，只要能將梅莉達培育成符合騎士公爵家地位的人即可。最終而言，能按照梅莉達內心期望的一般，成功加入聖都親衛隊是最理想的。

倘若梅莉達的位階曝光，八成會流傳出人心惶惶的謠言吧；但只要有輝煌的實績，就能摧毀那些謠言。關於血統這方面，姑且可以用梅莉達說的祖先影響當藉口。之後就是看身為委託人的莫爾德琉卿能否接受這理由了……

當然這條路並沒有嘴上說得這麼簡單。倘若梅莉達的成長緩慢，或是無法獲得理想中的實績，莫爾德琉卿當真會放棄她吧。倘若發展成那種情況，放過梅莉達的庫法肯定也會遭到無情的定罪。

庫法與梅莉達的命運，全看梅莉達這副過於纖細柔弱的身軀……

庫法最後輕輕撫摸梅莉達的腳趾尖，總算起身。

「——辛苦了，小姐。全身檢查已經毫無遺漏地結束了。小姐身體內外以及全身的瑪那器官，在所有層面上都沒有留下任何後遺症。」

「太好了……」

庫法讓梅莉達坐在床邊，然後單膝跪在地板上，深深垂下頭。

「請原諒我各種冒犯，我願意接受任何懲罰……」

「不，別這麼說！畢竟老師是為了我的身體著想嘛！」

梅莉達慌張地揮動雙手，然後綻放宛如花朵般燦爛的笑容。

「謝謝你，老師。」

「小姐……」

「我能成為老師的學生嗎？」

庫法的眼眸驚愕地睜大。

『我要指導妳的話，這是無論如何都必要的事情。』

庫法的確這麼說過。梅莉達也很在意檢查的結果。

「……小姐早已經是我自傲的學生嘍。」

庫法像是喃喃自語般地說道並站起身，前往面向陽台的窗戶邊。時間已經接近六點，伴隨著早晨的來訪，弗蘭德爾的路燈們彷彿在互相競爭似的強烈閃耀光芒。

沙！庫法拉開窗簾，一擁而上的光芒填滿梅莉達的寢室。

後路已斷，同時反擊的準備也齊全了。從現在才要開始——

庫法與梅莉達賭上命運的培養生活！

庫法轉頭看向床鋪，以令人不禁顫抖的眼光宣告：

「來吧，立刻開始上課。換上運動服到庭院來，梅莉達・安傑爾！」

† † †

雖說是不具殺傷力的木刀，但倘若持刀的是瑪那能力者，狀況就會有很大的變化。

蒼藍火焰與輝煌火焰，每當搭載著各自瑪那的武器互相衝撞，宛如雷鳴般的強烈衝擊聲便會響徹周圍。斷斷續續的閃光在宅邸的廣場閃爍。

梅莉達穿著運動服，從全身噴射出瑪那的輝煌火焰，跟日前相比，她的運動能力有飛躍的提昇。武器也並非適合聖騎士的長劍，而是武士位階專用，宛如新月一般刀身後彎的單刃木刀。

梅莉達再也不會發生自己主動出擊，卻無力地被反彈回來的狀況。多虧梅莉達換上了適合她自己的武器，她的動作似乎比之前靈活自如許多。

儘管如此——站在與她對戰的庫法角度來看，梅莉達的成長還是從今後才要開始的感覺。

「咕……喝……看招……啊哇哇！」

儘管對突然飛躍的身體能力感到困惑，梅莉達仍拚命揮刀攻擊。但不管她怎麼出招，庫法都能用一隻手輕鬆化解攻勢。庫法若無其事地站著，他就如同流水一般滑順，縱使攻擊也沒有打中的感觸；但庫法的攻擊卻比雷電更加銳利且強烈。

庫法的手臂用力往上揮，梅莉達反射性地舉起刀。但隨後砰的一聲，梅莉達的腳邊遭到漂亮的狙擊，是庫法使出了掃堂腿。

梅莉達來不及做出護身倒法，就跌落在草地上。

「呀嗚！」

「妳看，就算對手揮起了武器，也未必就會以武器攻擊喔。再加上……」

庫法猛然張開原本握著的一隻手，砂粒飛到梅莉達的腳邊。

「呀！……這……這是什麼？」

「我趁小姐剛才背對我時，事先撿起來的。如果我對著小姐的臉扔出砂粒，妳要怎麼辦？妳能一邊揉著眼睛，一邊應付對手的攻擊嗎？」

「唔……」

無話可說的梅莉達，拍拍屁股並爬了起來。

「在……在學校的課程裡並沒有學到這種事！」

「我想也是。妳也對藍坎斯洛普這麼辯解看看？」

「唔……嗚嗚～……！」

梅莉達彷彿毫無招架之力的小狗一般發出呻吟，雙手用力握緊木刀，重新擺好架勢。

「……麻……麻煩再來一次！」

庫法呵呵一笑，也跟著舉起木刀。

「很好——繼續上課嘍。」

庫法好整以暇地等候梅莉達出擊，梅莉達氣勢猛烈地一蹬地面，衝向庫法。

然後閃光又再度照耀了幾次廣場，最後則是小姐的哀號宏亮地響徹整個廣場。

在梅莉達深深體會到自己有多弱小後，接著是劍術理論的時間。
襯衫沒有一絲汙垢的庫法，以及被絆倒好幾次，渾身沾滿泥巴的梅莉達，在廣場中央放下木刀面對面。
「那麼，為什麼小姐的攻擊一次也沒打中，反倒是小姐好幾次被打得落花流水呢，小姐明白原因嗎？」
「這……這是因為老師很強！」
「不對。當然也有很多情況是因為單純的能力值差距而決定勝敗，但這次的問題並不在那裡。是因為小姐沒有瞄準我的『破綻』攻擊。」
「破綻？」
庫法彎下身，從腳邊掬起一把土。
「比方說，我剛才為什麼試圖對小姐扔砂粒呢，小姐覺得我為什麼會好幾次使出掃堂腿絆倒妳呢？」
「呃，因為老師喜歡看女孩子痛苦的模樣……？」
「請別這樣說絕對沒這回事。」
庫法立刻否定，同時輕咳了兩聲。
「……那是為了讓小姐製造出較大的破綻。將劍往上揮↓使出掃堂腿↓攻擊毫無防備的對手。趁對手不注意時撿砂粒↓摧毀對手的視野↓攻擊毫無防備的對手。這些全是為了在最後使出有效攻擊的布局。因為小姐疏忽了這點，從一開始就以有效攻擊為目標，小姐的攻擊才無法碰到在能力值上占優勢的我。」

「就算老師這麼說，我也不知該怎麼辦呀……」

看著眼前蹙起眉頭煩惱的梅莉達，庫法扭動脖子，將木刀扛在肩上。

「舉例來說，我想想……啊，在那之前，小姐。妳的衣襬掀起，可以看見肚臍。」

「咦？呀啊！」

「有破綻。」

揮落的木刀「砰！」一聲地敲向梅莉達的腦袋。

梅莉達按住被毆打的頭，淚眼汪汪地提出抗議：

「老師太狡猾了！」

「對手就在眼前揮起武器，不可大意！──嗯，雖然剛才說得有些極端，但就是這麼回事。剛才的小姐被衣擺轉移注意力，完全疏忽了頭上。契機在於我說的話。為了讓自己的攻擊能確實命中，要控制對手的意識，製造出讓對手大意的地方。這就是所謂的『攻擊破綻』。」

勤勉的梅莉達雙手交叉環胸，拚命地試圖理解庫法的教誨。

「控制……對手的意識……」

「是的。若是高手之間的戰鬥，要這麼做相當困難。無論這邊怎麼動搖對方，高手都不會忘記要控制意識。縱然環顧全身，也找不到對方大意之處。所以才會說高手『沒有破綻』。」

「…………」

梅莉達絞盡腦汁，喃喃呻吟著思考了一陣子。

只見她忽然手指比向完全不同的方向。

「你看，老師！國王陛下居然在那裡！」

「他不在。」

「天上有隻非常罕見的天獄鳥！」

「並沒有。」

「艾咪她們在玩水！」

「……沒那回事。」

「老師剛才差點要轉頭看了？」

「怎……怎麼可能有那種事呢！」

庫法輕咳兩聲敷衍過去，同時緩緩拿出懷錶。

「……差不多該結束了吧。小姐，請準備上學。」

被絆倒好幾次的梅莉達全身沾滿泥巴。她也需要玩水……不對，是沖澡的時間。庫法事先詢問艾咪，小姐梳洗打扮會花多少時間，真是正確的行動。

聽到上學，梅莉達的表情一下子閃閃發亮了起來。

「上學！我好期待去學校！」

「哎呀，這轉變還真大呢。之前那麼憂鬱的小姐上哪去了？」

「因為，我跟之前的我不一樣啦！現在的我具備瑪那！也有出色的位階！跟學校的大家沒兩樣！同伴，同伴！」

梅莉達似乎相當開心，說話都有些零零碎碎。「非常感謝老師的指導！」梅莉達禮貌地這麼鞠躬後，彷彿小狗搖著尾巴似的飛奔而去。

庫法一把抓住梅莉達的肩膀，用強壯的手掌挽留她。

「請稍等一下，小姐。最後還有一個非常重要的指導。」

「咦，好的，什麼事呢？」

對於彷彿想說「我什麼都願意聽從」的梅莉達小姐，庫法面帶微笑地轉頭說道：

「從今天起一個星期內——除了和我在上指導課時，禁止小姐使用瑪那。」

† † †

「為什麼呀～～～～！」

梅莉達慘痛的吶喊響徹聖弗立戴斯威德的玄關。

時刻已過中午，倘若是平常，之後即將開始下午的實技授課。不過從校舍那邊的隧道走過來的梅莉達，絕對不是蹺課。

從今天起一個星期，聖弗立戴斯威德女子學院為了準備學期末的公開賽，改成特別的課程表。只有上午的講學有義務出席，下午認可所有學生進行自由練習。這段準備期間是考量到公開賽是由好幾人組成的隊伍——也就是以小組單位來進行的關係。

因此即便不用上課，學生們也會與各自的小組聚集起來，劃分練武場，為了比賽認真練習。即使名義上是半天課，但沒有其他學生會在這種時間放學回家，因此沒人將梅莉達哀嘆的聲音放在心上。

庫法還是一樣以宛如雕刻般伶俐端正的相貌，隨侍在梅莉達身旁。

「我說過了吧。現在的小姐才剛讓瑪那覺醒，仍處於不完全的狀態。倘若小姐希望以公爵家千金的身分『有模有樣』，現在請專心磨練自己更上一層樓。想要讓大家吹捧小姐，還早一個星期。」

「我才沒有想要大家吹捧。竟然連坦白都不行……」

看到主人垂下肩膀，沮喪到讓人同情的地步，庫法也不禁萌生罪惡感。

當然「不完全的狀態」什麼的只是狡辯。庫法的目標只有一個，就是在梅莉達的覺醒眾所皆知前，在時間允許下盡力鍛鍊梅莉達。

然後要看透「無能才女」梅莉達・安傑爾的資質。

確認梅莉達是否值得庫法賭上生命去培育她——

庫法輕輕地將手放到梅莉達纖細的肩膀上。

「小姐，命運之日是一星期後。在那之前，就先讓妳的同學們也誤會吧。正因誤會，她們才會目睹到前所未有的奇蹟吧。」

庫法誠懇地勸告梅莉達，於是抬頭仰望庫法的梅莉達表情嚴肅起來。

「……是的，老師。我絕對會在比賽中留下好成績給你看！」

「喔，妳幹勁十足呢，小姐。」

庫法感到佩服，於是梅莉達驀地對庫法露出徹底放鬆的笑容。

「其實我以前曾跟愛麗約定過一件事。公開賽結束後，緊接著就是頭環之夜的祭典對吧。在那遊行中…………啊。」

就在這時，像是要擋住去路而現身的幾個人影讓梅莉達噤口了。
從隧道出口照射進來的反光，透出雙馬尾的色彩。
「妳怎麼打算回家了啊，梅莉達？」
「涅……涅爾娃……」
梅莉達的肩膀冰冷地僵硬起來。雙馬尾少女等人，是把梅莉達加入自己小組的團體。雖然那種關係能否稱之為「姊妹（布爾梅）」讓人甚感疑問。
涅爾娃高傲地雙手交叉環胸，態度蠻橫地開口說道：
「妳明明是我布爾梅的一員，妳忘了嗎。妳終於連腦袋都變廢物了是嗎？之後要進行練習，快點換好衣服過來啊。」
「……我……我——」
儘管吞吞吐吐，梅莉達顫抖的聲音仍迴盪在隧道內。
「我……我請尤菲讓我加入她們的小組了。」
「什麼，班長？那傢伙……」
「我……我也已經完成申請了，所以沒辦法加入妳們的小組……抱歉。」
圍繞在涅爾娃身邊的女學生們，故意大聲嚷嚷起來。
「真不敢相信！居然這麼任意妄為！」

「妳根本沒想過會對我們造成多少麻煩吧！」

涅爾娃迅速舉起手，讓少女們安靜下來。

涅爾娃露出彷彿在鄙視青蟲般的冷淡眼神，不屑地說道：

「是喔，那算了，就我們四個人自己出場。那麼，妳為什麼這麼早就打算回家了呢？」

「她……她們說我不用參加練習……而……而且之後我要跟老師上指導課……」

「跟！老！師！上！指！導！課！」

哈哈！涅爾娃尖聲大笑。不過她的眼神絲毫沒有笑意。

「哦，這樣啊。比起跟我或尤菲她們的練習，梅莉達更重視與那位老師的指導課呢！真了不起呢，不愧是騎士公爵家的千金小姐呀！」

「不……不是，我並沒有那個意思……」

「妳好好期待比賽吧。」

涅爾娃狠狠瞪了梅莉達一眼——緊接著也瞪了庫法一眼，然後走過兩人身旁。其他少女們也各自留下幾句咒罵，追在隊長後面離去。

等聽不到所有人的腳步聲之後，梅莉達「噗呼！」地吐了口氣。

「剛……剛才真是緊張……！」

「小姐，妳為何不強硬地反駁回去呢！」
庫法忍不住逼問梅莉達，於是梅莉達忸忸怩怩地握住裙襬。
「因……因為……」
「小姐已經沒必要對她們感到畏縮，光明正大地面對她們不就好了嗎？」
「就……就算你這麼說，要突然改過來太困難了。因為我一直被她們霸凌嘛……」
「真傷腦筋，看來不光是肉體，也需要鍛鍊一下妳的心智呢。」
庫法聳了聳肩，同時緩緩轉頭看向玄關的出口。
「──那麼，在那邊偷窺的妳們，也是有事要找小姐嗎？」
咦？梅莉達抬起頭。
只見兩名少女從城門陰影處戰戰兢兢地露面。
「別……別講得這麼難聽嘛！我是看你們好像正在忙，才從陰影處一直悄悄地伺機而動罷了！」
「……蘿賽老師，我想那大概就叫做偷窺。」
「嗚咕……！」
就宛如庫法與梅莉達這對師徒一般，這兩人組的對比相當顯著。
身高較矮，穿著聖弗立戴斯威德制服的銀髮女學生，庫法也對她記憶猶新。她是梅莉達的堂姊妹，愛麗絲．安傑爾小姐。

然後愛麗絲身旁比她高一個頭的紅髮女孩，身穿會讓人誤以為是妖精紡織品的豔麗衣裳；令人驚訝的是，庫法也認識這位紅髮女孩。

「哎呀。」庫法挑起眉毛，於是對方似乎也注意到了，紅髮女孩像是心情變好的小狗一般噠噠噠地飛奔靠近，然後緊緊握住庫法的手。

「嘿嘿……又見面了呢，紳士先生！」

「……原來是妳呀。」

坦白說，庫法一直以為不會再有機會見面了。她是庫法剛來到這市區的兩天前，在車站同行了短暫時間，彷彿時尚模特兒一般的女孩。

一旁的梅莉達用有些不安的眼神仰望兩人。

「請……請問一下，老師。這位是……？」

紅髮女孩瞬間低頭看向梅莉達，她依舊一手抓著庫法的手，將另一隻手以交叉的形式伸向梅莉達。真是個忙碌的少女。

毫無防備的笑容燦爛耀眼地綻放開來。

「幸會！我名叫蘿賽蒂．普利凱特，從前天開始擔任愛麗絲小姐的家庭教師。不用太拘束，叫我蘿賽就好嘍。梅莉達小姐！」

「蘿賽蒂……莫非是那位一代侯爵（Career Marquess）蘿賽蒂．普利凱特大人嗎！」

梅莉達驚訝地睜大了眼，於是紅髮女孩吊兒郎當地面露笑容。

「哎……哎呀，我沒那麼了不起啦……被說是『那位』挺傷腦筋的呢，嘿嘿嘿……不管到哪兒都有人知道我的名字，我簡直就像名人一樣呢。」

並非簡直就像，這個少女實際上的確是超級名人。這是因為她雖然具備第一流瑪那能力者的頭銜，卻並非貴族，而是「下層居住區」出身這種立場。

所謂的下層居住區，還有一個蔑稱是「沒有牆壁的貧民窟」。

弗蘭德爾由二十五個玻璃容器（坎貝爾）構成，支撐坎貝爾的是金屬基礎，在那個金屬基礎正下方拓展開來的就是下層居住區，在此生活的人口大約三十萬人。

坎貝爾在能夠收容的人數面臨極限的同時，還抱持著生產力這個問題。

直截了當地說，提燈中（弗蘭德爾）這個人工世界並沒有農地，還需要人才幫忙採掘太陽之血這個都市的生命線。肩負這些職責的，就是在坎貝爾外面生活的人們——占弗蘭德爾總人口數大約一半的下層勞動階級。

這個名叫蘿賽蒂的少女擁有特別的經歷，她雖是誕生在那個下層居住區，但小時候瑪那突然覺醒，伴隨著普利凱特的家名，以特例被晉昇為貴族階級。

儘管她因為社會偏見而無法就讀瑪那能力者的養成學校，仍以自學精通自己的位階，在理應是小組戰的全校統一淘汰賽中達成前所未聞的單人優勝。

她何止是史上最年輕進入聖都親衛隊的人，連國王陛下都讚賞她種種功績，表示「只要蘿賽蒂在世，就給予普利凱特家與坎貝爾區長同等的侯爵地位」，賜予她一代侯爵這個特別的稱號——

她確實是靠努力完成了所有能辦到的事情——這麼說也不為過吧。

「雖然很多人把我講得很誇張，但我現在是安傑爾家的傭人，所以別在意那種事喔。我們已經就像親戚那樣呢！來，請多指教！」

蘿賽蒂這麼笑道，握住梅莉達的手用力揮動。看來這個悠哉的大姊似乎完全不明白安傑爾本家與分家之間微妙的關係。

梅莉達一臉至今還沒跟上狀況的表情，抬頭仰望庫法。

「老……老師你們認識嗎？」

「……嗯，大概知道長相跟名字。我原本還在猜一代侯爵來這城市是要做什麼工作呢。」

庫法瞇細單眼，筆直地盯著位於正面的蘿賽蒂。

「沒想到會以這種形式再會。」

「嘿嘿，感覺好像那個呢！就好像戲劇的劇情一樣呢！」

的手。

蘿賽蒂還是一樣嘻皮笑臉，似乎沒有察覺到庫法微妙的表情變化，她重新握住庫法的手。

「我也從愛麗絲小姐那兒稍微聽說了你的事情。你是庫法·梵皮爾先生，沒錯吧？彼此都是安傑爾家的傭人，又是安傑爾家千金的家庭教師，連就讀的學校也一樣，希望今後可以融洽相處呢！」

「…………」

庫法面不改色，暫時俯視著蘿賽蒂的手。

……這個紅毛的悠哉個性，似乎什麼都不明白。她根本不懂庫法與她被迫站在怎樣的立場上。

不光是梅莉達與愛麗絲，就連身為指導者的庫法與蘿賽蒂，也會被大眾當成比較對象。從舉止到教養以及學生的實績，源源不絕的眾多視線一直在評價兩人，評估著「哪邊比較能幹呢？」

倘若徹底理解這一點，庫法的回答只有一個。

——不能輸。就算是為了小姐的名譽，也絕對不能輸給這女人。

庫法這時才總算回以微笑。庫法舉起自己被蘿賽蒂握住的手，然後——啪的一聲，毫無預兆地甩開蘿賽蒂的手。

蘿賽蒂一臉難以置信的表情，眨了眨眼睛。

「咦……啊……呃……咦……？」

「十分抱歉，我無法繼續跟妳融洽相處。」

「為……為什麼，為什麼，為什麼，為什麼！」

「因為像妳這種吊兒郎當女，會對梅莉達小姐的教育造成負面影響。」

「吊兒郎當——————！」

蘿賽蒂的尖叫響徹隧道裡。

蘿賽蒂甚至雙眼湧現淚水，逼近庫法質問他：

「吊兒郎當是什麼意思，吊兒郎當是什麼意思呀！你之前明明不會說這種話！之前明明那麼溫柔且紳士！」

「那是兩回事。看透應該討好的時機與對象，也是紳士的造詣。」

「真……真不敢相信，你這陰險小人！虧我那麼感動！我原本還覺得真的有像王子殿下一樣的人，就好像作夢一樣！把我的怦然心動還給我！」

「啥？怎麼可能有那種肉麻的王子殿下啊。請在十二歲之前就從童話世界畢業吧，妳這幼稚腦。」

「唔……唔……唔噫————————！真教人火大！」

甜蜜羅曼史的預感搖身一變，兩個大人開始無藥可救的口頭爭執；制服打扮的公爵家千金們看到眼前的大人這副模樣，只是不知所措地感到困惑。

「啊哇……啊哇哇哇……！為……為什麼會突然變成這樣……？」

總之不能一直袖手旁觀，生性認真的梅莉達勇敢地踏出一步。

「必須阻止他們兩人才行！我們上吧，愛麗！」

「咦？」

「啊……」

梅莉達猛然回頭，兩人面面相覷。

眼看著梅莉達的臉愈來愈紅，相對的愛麗絲則依舊是面無表情的茫然樣，輕輕點了點頭。

「嗯。」

「咦……呃……這個……那個……」

「我該做什麼才好？」

「還是算了！剛才的不算！我來想辦法解決！」

梅莉達慌張地揮了揮手，然後拚命提高音量：

「老師，夠了！請你別像個小孩那樣刁難人！」

一直脣槍舌劍地爭吵的家庭教師搭檔，忽然噤口不語。

「我認為剛剛是老師不對，講別人壞話是不好的！」

「唔……真沒面子。」

比庫法年幼的女孩對他做出了再合理不過的指謫。庫法微微低下頭，於是蘿賽蒂看似愉快地笑著將臉湊近。

「活該～挨罵了吧～」

庫法移開視線，同時一揮手臂，拍打蘿賽蒂的屁股。啪——！響起了著實宏亮的聲響。

「好痛——！你……你打我屁股！色狼！性騷擾！」

「來，小姐，棉花糖腦袋女實在太吵，我們差不多該回家了。」

「你……你說誰是棉花糖腦袋！妳這冒牌紳士！」

庫法將手放到梅莉達肩上，優雅地轉過頭。

「那麼再會了，愛麗絲小姐。還有，呃……普利凱～特小姐？」

「唔，你是用瞧不起人的語調在喊別人的姓氏吧……！」

蘿賽蒂一臉不甘心地咬牙切齒，然後眼中帶淚地轉過身……

「哼，你就準備好喪氣話，等著比賽日到來吧。我家的小姐會把你的梅莉達小姐打得落花流水啦啊啊啊啊！」

蘿賽蒂丟下彷彿壞人範本一樣的台詞後，噠噠噠噠噠——地捲起沙塵飛奔離開。被留下的愛麗絲碎步追了上去。

等看不見兩人身影後，梅莉達臉上冒出冷汗，開口說道：

「那個，老師，我……像這樣不分青紅皂白地到處樹敵，比賽真的沒問題嗎……」

「說得也是呢，總之……」

庫法將手放到梅莉達的肩上，對她露出微笑。

「小姐，接下來一星期，請妳做好不會有茶會時間的覺悟。」

「咦咦咦咦～～！」

梅莉達今天不曉得是第幾次的哀號，響徹了整條隧道。

† † †

回家後，兩人到宅邸後方被植物園包圍的廣場。愈來愈不能落敗的梅莉達小姐，今天是庫法就任她家庭教師第三天的指導課。

為了在一星期後的期末公開賽中留下成果，必須以最大限度活用所剩不多的時間，從今天起得進行實戰性的指導課程。

「為此，首先要請小姐學習瑪那的低迷（Low）、中立（Neutral）與混沌（Chaos）狀態的差異。」

「低迷，中立？」

庫法照慣例換上襯衫打扮，梅莉達則是穿著女僕們事先幫忙洗乾淨的運動服。兩人跟早上一樣拿著木刀互相對峙。

廣場角落新設置了事先拜託艾咪擺放的黑板。庫法手拿粉筆，秉持宛如學校老師一般的心情開始講課。

「一年級的這個時期，應該還沒有學到吧。這種概念也被稱為『調整（Alignment）』，會表現出能力者的瑪那目前處於何種狀態。」

庫法半個身體面向黑板，伴隨著話語用粉筆沙沙地寫下文字。

「完全沒有纏繞瑪那的『低迷』狀態，解放瑪那，讓瑪那平均地流通到全身排出孔的『中立』狀態——這也被稱為『一般狀態』。還有最後是為了發動攻擊技能，將瑪那集中在一端等等，瑪那不平均地偏向某一處的狀態，叫做『混沌』。」

庫法停頓了一下，用粉筆前端戳著意味「中立」的文字。

「我們經常看見的攻擊力、防禦力等能力表，是將處於中立狀態的能力者身體能力，按照弗蘭德爾統一白刃戰能力測定基準數值化的結果。如同小姐已經體驗到的一般，瑪那會飛躍性地提昇人類的運動能力。反過來說，如果處於沒有纏繞瑪那的低迷狀態，我們就跟普通人沒兩樣。」

庫法忽然想起任務前翻閱過的資料，呵呵笑了起來。

「過去的小姐就是在這種所謂的低迷狀態下測量能力，才會測出那種悲慘的成績呢。」

「嗚嗚～……」

雖然梅莉達淚眼汪汪地垂頭喪氣，但也不需要那麼悲觀吧。假如現在試著再次測量能力，可以想見會是跟入學時完全無法相比的數值。

庫法暫且放下粉筆，將木刀插在地面上。

「那麼，立刻來實踐看看吧——小姐。請妳解放瑪那，從低迷調整到中立狀態！」

「是……是的！嗯……！」

梅莉達閉上眼睛並用力握拳，集中精神。過沒多久，砰！地一聲，從她全身噴射出黃金火焰。

「我成功了！」

「太慢了！解放瑪那花了三秒。」

「咦咦咦咦？」

庫法無視感到驚愕的梅莉達，始終一臉事不關己似的表情。

「可……可是我很拚命去做了！」

「妳以為出其不意地偷襲過來的敵人，會等妳三秒嗎？妳覺得『我很拚命在準備，所以請等一下』這種藉口管用嗎？」

「呼嗚～……！」

梅莉達在臉頰囤積滿滿的懊悔，又變得淚眼汪汪。

但庫法毫不留情。

「小姐應該是最清楚不過的吧。面對纏繞著瑪那的能力者，沒有瑪那的人實在過於無力！轉移到中立狀態的時間，肯定是愈短愈好。這也是每天的功課之一。從現在起，要請小姐每個月把解放時間縮短零點一秒，如此一來，等到三年後——」

庫法話說到一半，眨了一下眼睛，就在這一剎那，蒼藍火焰一口氣占據視野。

「小姐只要零點零一秒就能進入備戰狀態了。」

「好……好厲害……」

庫法過於自然且瞬間的瑪那解放，讓梅莉達倒抽了一口氣。

庫法將瑪那平息到低迷狀態，從口袋裡拿出懷錶。

「那麼小姐，我要測量正確的時間，請妳再一次解放瑪那。」

「是……是的！」

梅莉達暫且平息瑪那，然後再度使勁解放。

轟！輝煌火焰從她全身噴射出來。

「我成功了！」

「比剛才更慢！重來！」

「咦咦咦咦！」

「在妳創下今天的最高紀錄前，要一直重來喔，無論幾次。」

「嗚嗚～～……！」

梅莉達將運動服的衣角捏得皺巴巴的。

「老師真殘忍！」

「妳說我殘忍？才沒那回事。」

畢竟庫法在訓練時代，只要連續犯下兩次同樣的失誤，就會遭到鞭子抽打，在庫法克服弱點前，會被扔到反省房裡。跟那段日子相比，現在根本是天堂吧。

就在這時，背後的草叢發出窸窣聲響，有氣息動了起來。

「……噯，妳聽見剛才那番話了嗎？小姐說老師很殘忍呢！」

「他果然是殘暴教師呀……！」

是來偷窺訓練情況的女僕們在聊八卦。就說了我並不殘暴。

大約重來兩次後，梅莉達總算出現與剛才同等的時間記錄。梅莉達早已經氣喘吁吁，但庫法再次拿起粉筆，對那樣的她宣告：

「請妳暫時照那樣維持中立狀態。我先繼續說明下去吧。」

庫法拿粉筆沙沙地在黑板上寫下文字。

「就是關於我們的位階——武士的特徵。小姐應該已經學過了，但就當作溫習，讓我們再一次確認詳細內容吧。」

庫法沙沙地在黑板上寫下漂亮整齊的文字。

雖然是跟課本重複的內容，但梅莉達認真地以視線跟著。

「暗殺位階……收縮……瑪那……」

「嗯，關於武士位階的戰鬥方式，我打算從基礎慢慢指導妳。現在想請妳注目的是這邊——關於能力的強化資質率。」

庫法在變得有些狹窄的黑板上，寫下「攻擊、防禦、敏捷、特殊、攻擊支援、防禦支援」這六個項目，替各個項目分配了「Ｂ、Ｃ、Ａ、Ｃ、Ｃ、－」這些等級。

「這個等級表，是顯示出該位階的能力者纏繞瑪那時，各個要素會以多少比率獲得強化。倘若是武士，敏捷力容易有大幅強化，相反地防禦力就難以獲得強化呢。即使進行不合自己位階的訓練，也只是沒有效率而已，因此訓練時間也按照這張表，以2、1、3、1、1的比率來分配比較理想吧。」

「原來如此！」

梅莉達坦率地點頭。庫法露出微笑，同時再次用木刀戳向地面。

「這種基礎能力的鍛鍊，也是每天的重要課題。還有從今天起的一星期，要請小姐為了公開賽，再熟練一份特別菜單。」

「特別菜單？」

「原本是想請小姐至少學會一項攻擊技能……但如果是一年級學生的這個時期，攻擊技能只是華麗，不會成為非常重大的決勝招。我想這邊就讓我簡單快速地傳授小姐『為求獲勝的方法』。」

庫法從地面拔出木刀，用手轉圈後，擺出迎戰架勢。

「那麼，小姐應該也迫不及待了吧。是小姐期待已久的對戰時間喔。」

梅莉達似乎回想起今天早上的惡夢，她的美貌扭曲地變形。

梅莉達・安傑爾

位階：武士

HP	186	MP	20	敏捷力	21
攻擊力	18（14）	防禦力	15		
攻擊支援	0～20%	防禦支援	—		
思念壓力	19%				

主要技能／能力

隱密 Lv1

綜合評價……【1-F】

涅爾娃・馬爾堤呂

位階：鬥士

HP	274	MP	31		
攻擊力	25	防禦力	24	敏捷力	18
攻擊支援	—	防禦支援	—		
思念壓力	10%				

主要技能／能力

鋼體 Lv1／支援效果減半 LvX／蓋力克鐵鎚

綜合評價……【1-D】

【鬥士】

以出類拔萃的攻擊性能和防禦性能壓制敵人的位階。只有鬥士才能使用單槍匹馬衝入敵人陣營的豪爽戰法。另一方面，鬥士不具備任何支援能力，且具備會將同伴的支援效果減半這種棘手的特質，因此運用時應多加留意。

資質〔攻擊：A　防禦：A　敏捷：C　特殊：—　攻擊支援：—　防禦支援：—〕

LESSON：Ⅲ ～被從旁守護這件事～

七月也邁向尾聲，學生們期盼已久的的長假逐漸靠近的卡帝納爾茲學教區。在明天就是結業典禮的聖弗立戴斯威德女子學院，正準備進行少女們互相展現武藝的期末公開賽。

比賽會場是學教區周邊的養成學校共同使用的巨大競技場。場地裡設置著好幾個邊長三百公尺的方形舞台，有森林、荒野、廢墟、湖上等等，預設了所有種類的戰場；照學年分組的小組會依序對戰，一決勝負。

垂掛的布條上大大寫著「公開賽」一詞，讓學生們的士氣格外高昂。平常極力避免與外界接觸的千金小姐學校，也只有今天是另當別論。以學生的家人為中心，包括街上的居民、其他學院的學生們、千里迢迢來參觀的觀光客，甚至還有騎兵團來視察，數千名以上的群眾填滿觀眾席。穿上比賽用的特別演武裝束（Battle Dress）的少女們，也會猛然湧現幹勁。

在這當中，說到我們位於一年級學生選手休息室的梅莉達小姐——

「老師，有沒有在舞台上盡量不引人注目的訣竅呢……？」

她的表情一臉黯淡，佇立在角落。

難得準備的演武裝束，讓她散發宛如戰場天使般的光輝；但依然孤伶伶的小姐甚至無法加入會議的小圈圈裡。不僅如此，在旁坐立難安地打發時間，似乎讓梅莉達鬱悶的心情愈來愈沉重……

「妳在說什麼喪氣話，縱然是武士位階，該發揮本領時照樣會快刀斬亂麻地取勝，接受眾人『哇！』的歡呼。沒有這樣的氣概怎麼行呢？」

「可……可是，有那麼多觀眾在看喔……！」

「這不是絕佳的成名戰嗎？」

「我沒什麼自信耶……」

比賽還沒開戰，梅莉達已經整個人垂頭喪氣。她明明由衷期盼終於能展現出瑪那的這天，與庫法進行了整整一星期充實的訓練，但真要上場時，似乎還難以抹拭深植內心的廢物精神。

要是緊張成這樣，連平時的一半能力也發揮不出來吧。梅莉達似乎完全無法想像自己活躍的場面，她一臉灰暗的表情，彷彿已經注定落敗一般。

距離出場已經沒多少時間了，這可不妙。縱然庫法一臉若無其事地隨侍在旁，內心仍慌張了起來。無論如何都必須讓小姐獲得自信才行。

然而，彷彿在嘲笑庫法這種想法一般，一個尖銳的聲音向梅莉達搭話。

「哎呀，梅莉達！妳怎麼啦，怎麼縮在那種角落呢？」

是帶著成群姊妹前來的涅爾娃·馬爾堤呂。梅莉達被一如往常的人數差距震懾，表情愈來愈僵硬。

而且涅爾娃等人的小組，居然是梅莉達的對戰對手。

「妳沒有臨陣脫逃，乖乖地來啦，真了不起呢。但妳不要緊嗎，妳看起來情況很差喔。」

「這也沒辦法呀，涅爾娃小姐。」

「畢竟她等下就要在眾人面前丟大臉了嘛！」

簡直就像商量好似的，跟班們這麼起鬨著。

「啊哈哈！」涅爾娃以響徹整個休息室的音量這麼笑了。

「說得也是！嗳，梅莉達，妳在比賽時也打算像那樣縮在舞台角落嗎？既然這樣，倒不如跳支舞娛樂一下所有觀眾吧。這是命令。」

「我……我不要……」

「妳的家人也有來觀戰吧。看到妳丟臉的模樣，他們會怎麼想呢？看到妳被周圍觀眾指指點點當成笑話，妳覺得他們作何感受，妳說呀？」

「……唔！」

梅莉達只是緊咬嘴唇，無法反駁。不知不覺間，休息室變得鴉雀無聲，其他學生也表情尷尬，擔心地看著這邊。

涅爾娃彷彿想說自己的話是大家的心聲一樣，直截了當地說道：

「說真的，像妳這種人為什麼會在我們的學院裡呢。現在也還不遲，妳快點轉學到普通的男女合校，找個夫婿嫁了吧。一直賴在這裡真是難看。」

「……嗚！」

梅莉達的肩膀顫抖著，低頭看向下方的眼角緩緩滲出淚水。

「——涅爾娃小姐，恕我冒昧。」

事已至此，庫法迅速插入兩人之間。

涅爾娃彷彿想說等你很久了似的，揚起嘴角仰望庫法。

「哎呀老師，您好。找我有事嗎？」

「是呀，有件事無論如何都想拜託妳。」

「哎呀，請您儘管直說。」

「我覺得耳朵快爛掉了，可以請妳閉嘴嗎？妳這母猴子。」

涅爾娃的臉頰抽搐了一下。

庫法背後的梅莉達，還有其他學生都楞楞地注視著這邊。

「母……母……母猴……真討厭，我好像聽錯了什麼。不好意思，庫法大人，麻煩您再說一遍。」

「妳給我說話小心點，低能兒。當心我把妳給沉到水道底喔——我剛才是這麼說的。」

周圍一片譁然，畢竟對聖弗立戴斯威德的少女們而言，這是她們至今不曾聽過的粗魯話語。

涅爾娃得知自己被明顯辱罵，氣得嘴脣直發抖。

「你……你你你居然要本小姐說話小心點……？」

「請原諒我的失禮。但我實在無法忍受梅莉達小姐被像妳這樣的人繼續侮辱下去了。」

「什……！」

庫法單膝跪地並低下頭。他感受到梅莉達強烈的視線盯著他背後看。

「妳根本不了解梅莉達小姐。梅莉達小姐是非常崇高的人物。無論遭遇多麼不合理的事情，都依然正直；是個不管挫敗幾次都能重新站起來的堅強人物。對此袖手旁觀且加以嘲笑的妳，要談論梅莉達小姐，坦白說讓人非常不快。」

「……唔！」

涅爾娃差點往後倒退兩三步，但她勉強保住自尊心。

「哼……哼！無名貴族當上公爵家的傭人，就得意忘形起來了嗎？」

涅爾娃用力指向依舊單膝跪地的庫法。

「什麼梵皮爾家呀，聽都沒聽過。就算說是家庭教師，反正也只是唸唸圖畫書，然後領薪水而已吧！」

「別瞧不起老師！」

啪！一名少女拍掉涅爾娃的手。

是以烈火般的氣勢衝向前方的梅莉達。

「他是最棒的老師！敢瞧不起他，我絕對饒不了妳！」

梅莉達大叫到這邊，猛然驚醒似的按住嘴巴。

她居然會表露感情到這種地步，同學們也非常吃驚吧。不過，已經說出口的話是收不回來的。

涅爾娃稍微睜大了眼後，像是覺得有趣似的揚起嘴角。

「哦～妳說饒不了我，具體而言，是打算做什麼呢？」

「……嗚！」

梅莉達咬著嘴唇，握住拳頭——堅定地抬起頭。

「我要在比賽中把妳打得落花流水！」

「妳真敢說呢，沒用的廢物！」

雙方的視線交鋒，啪嘰！地迸出火花。

「我很期待比賽喔，梅莉達。」

涅爾娃最後又一次嘲笑梅莉達，然後轉身離去，她帶著一臉困惑的姊妹（布爾梅）離開了休息室。

在她們離開後的休息室內，差點飄散出非常尷尬的氣氛，不過——

「……開……開會，開會吧！」

比較振作的幾名女學生這麼呼喚周圍，眾人像是回想起來似的恢復喧鬧。

就那樣僵硬了一陣子的梅莉達，突然抱頭發出呻吟。

「不小心說出來啦～～！怎……怎麼辦？」

「哎呀，妳不小心說出來了呢。」

「為什麼老師看起來那麼開心呢！」

就庫法來說，也難怪他會忍不住想呵呵笑。

畢竟庫法找到了啟動梅莉達幹勁的開關所在處。

看來梅莉達她……似乎是個不為自己，而是能為別人發揮力量的孩子。

「那麼小姐，如果妳在比賽時感到怯懦，還請想起我的存在。」

「想起老師？」

庫法牽起梅莉達的手，用雙手輕輕包圍住。

「希望小姐可以為了我的名譽，讓這個會場裡所有的觀眾都知道我的指導並沒有錯誤。」

「為了老師……」

這番話沉重地壓在比庫法矮上兩個頭的小女孩肩膀上。

梅莉達的表情彷彿惶恐不安的心靈穩定下來了一樣，她勇猛地抬起頭。

「請看著吧！我會加油的！」

† † †

雖然庫法試著這麼鼓勵梅莉達，但其實差點被不安壓垮的人反倒是庫法。

庫法離開選手休息室，回到觀眾席的一角坐下。再過不久，比賽就會從梅莉達她們一年級學生的部分開始，因此周圍的期待也不容分說地逐漸高漲。

隔壁座位可以看見艾咪的身影，她帶了作為便當的野餐籃前來加油。

「庫法先生，您簡直就像自己要上場一樣緊張呢。」

「嗯，是啊。我怕得要命呢……」

——這可不是開玩笑！

庫法稍微瞄了一下觀眾席後方上層……那裡設置著對聖弗立戴斯威德女子學院具備強大影響力的名流仕紳的貴賓席。

當然，也能看到身為庫法與梅莉達生命線的兩名人物身影。

其中一人是將銀色頭髮向後梳理整齊，年約五字頭的男性。他是安傑爾騎士公爵家現任家長菲爾古斯・安傑爾。搭配刻畫在臉上的皺紋，讓他看起來比實際年齡更蒼老。

還有另一個人，戴著羊毛帽且套著緊身長外衣（Justaucorps），瘦弱的身軀宛如枯枝般的老人，正是庫法的委託人；也就是莫爾德琉武具商工會長莫爾德琉卿。他是被懷疑有外遇，已故的梅莉諾亞・安傑爾的父親，也是梅莉達的外祖父。

莫爾德琉卿應該非常擔心梅莉達不知會在眾人環視下出怎樣的醜吧，他一臉神經質地環顧周圍，臉頰抽搐著。其中他最在意菲爾古斯的臉色。因為能夠堅決否定梅莉諾亞的外遇，以安傑爾家姻親的身分獲得菲爾古斯的信賴一事，正是莫爾德琉卿的宿願。

至於那位菲爾古斯公，則是一臉嚴肅地俯視舞台。庫法感覺他的視線忽然看向這邊，連忙將頭轉回原位。

——他來了他來了他來了他來了～～！

庫法內心慌張不已。

倘若梅莉達像之前那樣，在比賽中只表現出丟臉的結果，菲爾古斯公會愈來愈懷疑妻子的不貞。莫爾德琉卿的立場會變得更加危險，進而追究特地派遣的暗殺教師究竟在做什麼。極端地說，視這場比賽的結果，庫法與梅莉達也可能會一起被收拾掉。

為了兩人能在這三年內生存下去，最初的考驗就是今天！

——拜託妳了！小姐！

庫法十指交握，專心祈禱一陣子後，聽見了一個打岔的聲音。

「奇怪～你看起來很緊張呢，陰險的冒牌紳士先生～？」

以刻意挖苦的語調和動作走近的，是可媲美時尚模特兒的紅髮美少女。讓人聯想到豔麗妖精的裝扮，在大眾當中也格外顯眼。

「虧你之前把話說得那麼滿，這是怎麼回事呢？果然是那個嗎，空有一張嘴，卻不具備實力是嗎？喔呵呵呵呵！」

「我還以為是誰，這不是普利凱屁小姐嗎？」

「是普利凱特！才不是普利凱屁，是普利凱特啦！你別搞錯成那麼下流的名字好嗎？」

普利凱屁，也就是蘿賽蒂．普利凱特頭頂氣到冒煙地憤慨不已，她粗暴地坐到庫法隔壁的座位上。

艾咪隔著庫法，從另外一邊有些訝異地歪頭問道：

「庫法先生，那一位是？」

「聽說是愛麗絲．安傑爾小姐的家庭教師。」

「哎呀哎呀，我叫艾咪，是梅莉達小姐的專屬女僕。如果妳願意與我融洽相處，我會很高興的。」

艾咪隔著庫法伸出手，於是原本氣鼓鼓的蘿賽蒂表情一變，彷彿拿到點心的小孩一樣雙眼閃閃發亮，握住艾咪伸出來的手搖個不停。

「我可以跟女僕小姐聊天嗎？我叫蘿賽！請多指教！」

雖然不太懂她的意思，總之她似乎非常開心。

「什麼嘛！我還以為本家的人內心都很陰險，結果並不是那樣啊！會玩弄少女心的冒牌紳士似乎只有一個，我放心啦！」

「那真是太好了呢。」

庫法敷衍過頭地回應一聲後，將視線移回舞台上。

「……怎麼，看你一臉沉重，你那麼擔心梅莉達小姐嗎？」

「那是當然的。」

畢竟這攸關庫法的生命啊！

蘿賽蒂忸忸怩怩地握住裙襬，繼續提出問題：

「那個，呃…………坦白說，怎麼樣啦！你覺得梅莉達小姐有前途嗎？」

「還不壞喔。」

庫法立刻回答，視線依然盯著舞台，繼續說道：

「雖然小姐沒有特別突出的才能，但她理解得很快。小姐生性老實且認真，會立刻吸收我教她的事情。」

庫法確認真正的心情，自己也點頭感到同意。

「小姐值得教導，她還會繼續成長。」

「呵呵。小姐會那麼老實，都是多虧庫法先生呢。」

艾咪面帶微笑地這麼插話，因此庫法驚訝地看向她。

「多虧我？」

「是的。因為小姐非常仰慕庫法先生。」

聽她這麼一說，庫法不覺得糟糕，倒是感覺背後有些癢。

「哦～……」

庫法緩緩轉頭看向沒有當成笑話，只是這麼低喃的蘿賽蒂。

「話說回來，為什麼妳要問這種事情？」

蘿賽蒂喃喃回答：

「……因為我家的小姐似乎很在意。」

隨後，小號聲高聲響起，觀眾席更是歡聲雷動。

「哎呀！終於要開始了呢！」

如同艾咪所說，到了期末公開賽的開始時間。

第一場比賽的選手們，陸續進到競技場內合計共五個的舞台上。梅莉達與涅爾娃對戰的場地，是聳立著茂密樹叢的森林舞台。

「請看，庫法先生，在那邊！是小姐呢！」

「……唔！」

庫法已經很久沒品嚐過這種胃緊縮起來的感覺。

自己站在戰場上時未曾經驗過的緊張感，讓庫法的心臟怦通怦通跳個不停。場上不見蘿賽蒂的學生愛麗絲．安傑爾的身影，三人的視線自然集中在森林舞台上。

比賽規則如後述：

一小組的上限為五人，各小組會分配到一個底座點亮太陽之血，被稱為「大燭台」的據點，將這個大燭台保護到最後就是勝利條件。

場地上四處可見規模較小的「小燭台」，將瑪那注入這些小燭台，可以點火或熄火。在十五分鐘的限制時間後，兩邊小組的大燭台皆安然無恙的話，則是點燃較多小燭台的一方獲勝。只顧攻擊的話，我方陣營會遭到狙擊；話雖如此，但光是防守也贏不了比賽。這規則最重要的，可說是在攻守間取得平衡點吧。

這項規定是基於會進出夜界的騎兵團戰士們長年不斷鑽研，以少人數的軍事行動為前提，所設想出來的精銳軍遠征戰術論（Revelation Strategy）。倘若期望奪取更多據點，必然得抱持與敵方小組的戰士們發生衝突的覺悟。

庫法確認涅爾娃那方的小組構成。

敵方小組共有四人。隊長涅爾娃的位階，是攻擊力與防禦力特別優異的鬥士。另外還有一個鬥士，第三人是劍士，最後一人則擁有小丑位階。所幸沒看到槍手、神官和魔術師這類後衛位階，期待並未落空。

然後梅莉達這邊的小組則是五人構成。雖然人數看起來較有利，但雙方小組大概都沒有把梅莉達當成戰力計算，因此實質上算是四對四吧。

——她們也只有現在能像這樣小看梅莉達了，等著瞧吧！

就在庫法以嚴厲的視線盯著舞台看時，蘿賽蒂望著同個方向，並將臉湊近。

「你知道嗎，對方小組的隊長，好像叫涅爾娃小姐？她才剛入學，就已經習得一項攻擊技能，評價等級聽說是『D』呢。」

「我很清楚喔。」

「梅莉達小姐怎麼樣呢？」

「……很遺憾地，這一星期光是指導她通常攻擊的要領就分身乏術了。」

庫法俯瞰的舞台上，雙方小組的成員正走向舞台中央。這是為了在比賽前握手。比賽開始的時間一分一秒逼近，場內的熱度無止盡地高漲。

庫法兩旁的少女們顫抖起身體。

「啊啊，真是的～反倒是在旁觀看的我緊張起來了～！」

「我也是！感覺好像能聽見小姐的心跳聲呢！」

「妳們緊張也無濟於事吧……」

坐在她們正中央的庫法一臉傻眼似的這麼說道，但庫法也早已經無法移開視線，緊盯著梅莉達的一舉一動。

選手們在各自的舞台上開始握手。在森林舞台中央空出一塊地的廣場上，雙方小組的成員也逆向擦身而過。排在隊伍最後面的兩人擦身而過時，涅爾娃啪一聲地用力拍打梅莉達的手心。

「……嗚！」

從遠方也能看出兩人之間很快就迸出了火花。

各個小組返回自己陣營就位，終於——比賽終於要開始了。

競技場中央設置著巨大沙漏，那沙漏計算著限制時間的十五分鐘。沙漏旁邊站著兩名學院的講師，一人握著控制桿，另一人則拿著小號。

接到總部的暗號後，他們便接連行動起來。其中一人拉下控制桿後，沙漏便轉動半圈，當第一粒沙掉落到底面的同時，另一名講師高聲吹響小號。

轟！的一聲，各舞台上合計十個的大燭台，氣勢猛烈地噴出火焰。

「開始了！」

歡呼聲也格外高亢地響徹觀眾席。

姑且不論其他四個舞台，庫法等人應該注目的當然是森林舞台。梅莉達這邊的小組隊長，似乎是擔任班長，名叫尤菲的少女率先揮下了劍，發出號令。

「快攻！」

保護大燭台的尤菲，還有除了梅莉達以外的三名成員採取三角陣法突擊。是重視攻擊的布陣「王翼棄兵」。她們打算趁早占據場地中央，讓戰局變得有利。

相對的涅爾娃方的小組，則是四人全部上前戰鬥。她們放棄大燭台的防守，打算以人數優勢擊潰對手的戰力。眼看兩軍隨即拉近距離，在剛才互相握手的中央廣場，豎立著一個小燭台的地方開始了大混戰。

根據這場混戰的結果，會一口氣分出勝負。觀眾的視線都集中在與戰況緩慢進展的其他舞台相反，突然就展開激烈戰況的森林舞台上。

「噯，那邊的五人小隊，為什麼讓一名成員在旁邊玩啊？」

附近觀眾的說話聲也傳入庫法耳裡。似乎是他同伴的另一人豎起食指，說了聲：

「噓！」

「笨蛋，說話小心點！那可是梅莉達・安傑爾小姐喔！」

「咦？啊！是傳聞中那個明明出身騎士公爵家，卻很無能的……？」

「她不會使用瑪那的傳聞好像是真的呢。你看，她整個人被無視。」

就如同他們所說，豈止是敵人，似乎連同伴都沒把梅莉達的存在放在眼裡。

正因如此──才有機可趁。

那麼，這下已經準備齊全。現在正是顛覆妳世界的時候。

上吧！梅莉達・安傑爾！

梅莉達飛奔而出，彷彿聽見了庫法內心的呼喊。原本在旁觀看戰況的小組隊長尤菲，慌忙地對著離開自方陣營的背影喊道：

「很危險呀，梅莉達同學！快回來！」

梅莉達沒有停下腳步。她沿著敵我交錯的中央廣場迂迴前進，打算狙擊敵人的陣營。只要能打倒無人防守的大燭台，就是梅莉達她們獲勝。

「真卑鄙呢，梅莉達．安傑爾……！」

涅爾娃向三名同伴打了個暗號後，一個人離開廣場飛奔到森林中。瑪那的恩惠讓她以驚人的速度跨越森林，僅僅幾秒就衝到梅莉達面前。

「妳還真的大搖大擺地跑出來了呢，梅莉達！」

「涅爾娃……！」

梅莉達停下腳步，架起比賽用的刀。涅爾娃嘲笑梅莉達這舉動，也揮起她本身的武器鎚矛(Mace)。

儘管比賽用的武器會磨掉鋒刃，而且還施加了縮減硬度與重量的安全措施，但根據擊中的部位，當然也不可能毫髮無傷。當對手的武器掠過身體四五次時，就自動認輸的學生也不在少數。

不僅如此，武器的威力還會因瑪那而加倍。縱然接招者也有瑪那的庇護，還是無法壓抑住恐懼吧。即便對手是被揶揄成「無能才女」或「廢物」的梅莉達，涅爾娃也沒有絲毫躊躇。

「我要重擊妳的雙手雙腳，讓妳丟臉地爬在地上求饒！」

彷彿將虐待狂心態具體化一般的不祥火焰，從涅爾娃的全身猛烈噴出。火焰宛如蛇一般纏繞到鎚矛上，往頭上高高舉起。就在鎚矛氣勢洶洶地揮落的瞬間，學生這邊的觀眾席發出了哀號。

不過，梅莉達逃也不逃，擺出應戰姿勢；她的瞳眸才驀地睜大……便看見神聖的黃金火焰從她全身釋放出來。

她以最敏捷的速度揮起刀刃，突襲鎚矛的側面。

流暢地揮出的衝擊，「鏘——————！」地高聲響徹場內。

「什…………！」

遭到反作用與驚愕的襲擊，涅爾娃的眼睛睜大到不能再大。

金屬聲餘韻依然響徹在場內的這一瞬間，庫法感受到以一直很清楚梅莉達實技成績的學院學生和講師為首，包括其家人、學教區的居民和觀光客，甚至連在其他舞台競賽中的選手們，所有填滿這座競技場的人，內心都一致地想著：

LESSON III ～被從旁守護這件事～

「「「梅莉達・安傑爾她……擁有瑪那？」」」

就連其他舞台的選手都驚訝地張大了嘴，甚至忍不住中斷了比賽。在眼前目睹到決定性瞬間的涅爾娃，究竟會有多大的衝擊呢？

然後，庫法的鍛鍊方式可沒有溫和到會放過這種絕佳的機會。

「——喝啊！」

梅莉達伴隨氣勢揮出的刀，流暢地擊中涅爾娃的肩頭。啪沙！地響起瑪那的衝撞聲，涅爾娃被吹飛到後方。

「咕……嗚啊！」

雖然是僅僅一公尺左右的擊退，但涅爾娃腳步踉蹌地倒落在地。她似乎總算回過神來，連忙爬起身。

她瞪著讓自傲的演武裝束沾到泥土髒掉的自己，以及悠然俯視自己的梅莉達，一臉懊惱地咬牙切齒。

梅莉達在訓練時總是單方面地挨打，這招攻擊意外地是她首次獲得的一勝。再加上涅爾娃那副屈辱的表情——庫法握緊拳頭，發出喝采。

「很好！」

看到沒！看到沒！看到沒！看到沒！

可能的話，庫法真想現在立刻從觀眾席上站起來對著周圍的觀眾大喊：「怎麼樣，知道厲害了吧！」

畢竟……庫法清楚地確認到，在梅莉達解放瑪那的瞬間，坐在後方貴賓席的菲爾古斯公微微睜大了眼。還有在梅莉達使出漂亮的先發攻擊那瞬間，莫爾德琉卿驚訝到眼珠都快掉出來的模樣。

看仔細了！那就是！你們評為無價值的戰士身影！

「啊！實在太棒了，梅莉達小姐！眼淚已經模糊了我的視線……！」

「還沒完！好戲現在才要開始喔，艾咪小姐……！」

艾咪拿出手帕嚎啕大哭，庫法與她一同再次注視著舞台。

雙方相隔僅僅三公尺的距離對峙著。涅爾娃似乎總算從衝擊中逐漸振作起來，儘管冒著冷汗，她仍虛張聲勢地「哈！」了一聲。

「……妳少得意忘形了，只不過是小嬰兒總算學會道具的使用法而已嘛。」

「…………」

不用說，已經不只是觀眾席，就連其他舞台的選手們，視線也緊盯著這兩人看。一觸即發的緊張感與喧囂聲控制著整座競技場。涅爾娃非常在意周圍的觀眾，相對地，梅莉達則是以冰冷的視線觀察著對戰對手。

梅莉達一定是這麼心想：「涅爾娃多麼軟弱啊，跟老師完全不同。」

「噯，妳不出招嗎？」

「咦？」

就在涅爾娃呆楞地張嘴後，梅莉達隨即往前踏步。涅爾娃連忙舉起鎚矛想阻擋刀的軌道，雙方衝撞，發出金屬聲響。梅莉達立刻反擊，刀光又是兩閃，三閃。若要比瞬間爆發力，武士位階略占上風。涅爾娃只能狼狽地揮動武器。

梅莉達揮起感覺相當沉重的一擊，涅爾娃反射性地舉起鎚矛。隨後涅爾娃的小腿立刻被踹飛，她難看地跌倒在地。

「好……痛！」

涅爾娃狠狠跌了一跤，兩人因此拉開距離，而沒遭到追擊一事，應該算是幸運吧。梅莉達從容不迫地走近連鼻頭都沾滿泥巴的涅爾娃。

「就算對手拿著武器，也未必會以武器攻擊喔。」

「……！妳……妳這傢伙！」

梅莉達看準涅爾娃跳起來的時機，當場掃了一腳。她描繪著半月形軌道刨地，飛舞的土塊猛攻涅爾娃的顏面。

「嗚啊……噗！什麼……？」

涅爾娃用雙手揉眼睛，梅莉達朝著涅爾娃變得毫無防備的軀幹使出渾身的一擊。迸出強烈的衝擊聲響，涅爾娃再度吹飛到後方。

「那……那女孩好厲害……不過——」

觀眾席有幾個人嚇到表情扭曲。庫法又感受到他們內心的聲音同步了。

「「「真是冷酷無情……！」」」

然後因別種意義感到驚愕的，是坐在庫法隔壁的蘿賽蒂。

「梅……梅莉達小姐那種戰鬥方式……根本完全是意識到在實戰中互相殘殺的戰法呀……！」

她猛然轉過頭來，目不轉睛地瞪著庫法的臉。

「你究竟是何方神聖？」

「只是個微不足道的家庭教師啊。」

庫法若無其事地回答，彷彿事不關己似的忽略蘿賽蒂的視線。

觀眾席上迸出不為人知的火花，另一方面，森林舞台的戰況更是逐漸白熱化。趴倒在地上的涅爾娃，不停顫抖著肩膀並發出呻吟：

「本小姐居然……會被這種……明明是梅莉達．安傑爾，竟敢這麼囂張！」

LESSON Ⅲ ～被從旁守護這件事～

不祥火焰從涅爾娃的背後更猛烈地噴射出來。

涅爾娃宛如野獸一般跳起，然後用雙手將鎚矛高高舉起。她全身的不祥火焰彎曲扭動，集中到靜止在頭上的鎚矛頂部，散發出格外強烈的光芒。

「吃我這招『蓋力克鐵鎚』！」

梅莉達驚訝地睜大眼，瞬間大幅度地往後跳。

儘管兩人之間有段距離，涅爾娃仍毫不在意地揮下鎚矛。她動作流暢得彷彿之前的笨拙是演戲一般，往前踏步後一口氣將鎚矛摔向地面。

瑪那爆發開來，以勇猛的破壞力穿破地面。踏腳處出現放射狀的龜裂並爆炸，土塊與沙塵大量飛舞瀰漫。晚一步出現的衝擊波呈圓環狀拓展開來，甚至撼動到觀眾席的群眾。

餘波也傳遞到庫法的座位，紊亂的風輕輕搖晃瀏海。

重量系武器的初級攻擊技能「蓋力克鐵鎚」……真是了不起的威力。要是那招直接命中，就憑梅莉達現在的防禦力是無法徹底擋住的吧。對身經百戰的勇士來說，敵人的攻擊技能也是恐怖與警戒的對象。更何況如果是初學者，縱然顫抖到動彈不得，也沒什麼好奇怪的。

不過梅莉達小姐她……可是每天都被比那更可怕的攻擊打得落花流水，但她每次都會站起來，無論幾次都會面對挑戰。

「呼……呼……」

涅爾娃從地面拔出鎚矛，站起身來。周圍約三公尺的部分皆已崩塌，大量沙塵阻礙著視野。就在她畏懼敵人的氣息，踉蹌地踏出腳步時——

梅莉達穿破沙塵，衝到涅爾娃面前。她毫不迷惘地揮出的一刀，與鎚矛激烈衝撞，迸出火花。要在起伏不平的踏腳處上踏步相當困難，雙方就這樣開始極近距離戰。

就在這一瞬間，涅爾娃彷彿想說「是我贏了！」似的揚起了嘴脣。

雖說兩人都在養成學校接受戰鬥訓練，但以劍士來說，水準都還有待磨練。她們無法採取確實的防禦和迴避行動，與帥氣的劍舞相距甚遠。倘若以幾乎緊貼的狀態互相揮舞武器，必然會擊中彼此的身體。

涅爾娃使勁拔出的鎚矛，搭載著離心力擊中梅莉達的側腹。低沉的衝擊聲響徹周圍，涅爾娃的嘴脣殘暴地扭曲。

梅莉達搖晃了一下身體，不過……她立刻站穩了腳步。

「——喝啊！」

梅莉達彷彿要回敬對方似的揮刀反擊，突襲涅爾娃的肩頭。啪哩！迸出慘痛的衝擊聲，涅爾娃的身體大幅度向後仰。

尺。

「什……！」

涅爾娃不曉得是第幾次的驚愕。她狼狽地踩空並停下腳步，但還是被擊退了約一公尺。

相對的，眼神犀利瞪著她看的梅莉達，站立位置相差不到二十公分。

「……咕！」

涅爾娃露出虎牙，勇敢地挑戰梅莉達。刀與鎚矛好幾次激烈衝撞，每次都發出鮮明強烈的衝擊聲響。

鎚矛再次搶先命中對手的軀幹。梅莉達痛得皺起眉頭，但她立刻站穩腳步。然後她反擊的一刀用力吹飛涅爾娃。

戰況發展至此，觀眾們也察覺到異常。

「喂……喂，這是怎麼回事啊，能力值應該是對手占優勢吧……？」

「不光是這樣啊！為什麼從正面互毆，鬥士卻居於劣勢？鬥士的賣點不就是近戰專家嗎！」

「問……問我也沒用啊！會不會是騎士公爵家的祕術還什麼的？」

看到涅爾娃單方面被壓著打的身影，觀眾感到困惑不已。競技場裡雖有數千人，但這當中注意到機關的人，只有以騎兵團相關人士為中心的極少數人物。

坐在庫法旁邊，隸屬親衛隊的菁英小姐似乎也是其中一人。蘿賽蒂宛如寶石般的眼眸，映照出感情驚訝地睜大……

「難道說，那孩子她……會『馴服混沌』？」

聽到蘿賽蒂感覺難以置信的聲音，庫法的嘴唇得意地揚起。

† † †

「馴服混沌是什麼呢，老師？」

在為了公開賽進行訓練的第一天，梅莉達這麼詢問背對著黑板執起教鞭的庫法。

根據庫法所說，那是會超越攻擊技能的勝利關鍵。

庫法用粉筆敲了敲寫滿文字的黑板，開口回答：

「『馴服混沌』是騎兵團戰士們使用的高等技巧之一。關於調整的中立狀態和混沌狀態，剛才也稍微提到了對吧？」

「是的。呃……瑪那平均地遍布全身的狀態稱為中立，相反地不平均地偏向某處的狀態稱為混沌，是這樣吧？」

庫法點了點頭，毫無預兆地解放自己的瑪那。

轟！的一聲。從梅莉達的角度來看，有種像是火山噴火的壓力一口氣湧現過來。梅莉達睜大了眼，上半身不禁搖晃了一下；庫法則是一臉若無其事地繼續對她說道：

「小姐，妳還記得兩天前，也就是上課第一天，我告訴妳的關於瑪那排出孔的事情嗎？王冠、理解、嚴格、智慧、慈悲、榮譽、王國、勝利、基礎，還有美麗……假設能力者的瑪那總量為百分之百，把瑪那在全身上下共十個的排出孔各加壓百分之十的狀態就是中立。這就是能力數值與全身的瑪那壓力——即被稱為『思念壓力比率』的基本。」

「是……是的……」

「身體纏繞瑪那可以強化肉體和武器的能力值，這點只要觀察低迷狀態與中立狀態的差距，就一目了然。然後這種強化率只要減弱對相關曼托加壓的瑪那就會變低，反過來增強瑪那的話，就會變高——架起妳的劍。」

聽庫法這麼一說，原本維持中立狀態的梅莉達連忙舉起手臂。庫法將自己的木刀揮向梅莉達手上握著的木刀。

庫法明明稍微使勁地用力揮下，卻是他的木刀發出啪哩聲響被彈開。接招的梅莉達反而沒受到多大的衝擊。

一看之下，庫法握著的木刀只有纏繞微弱的火花。

「就像這樣，無論多麼沉重且迅速地揮動武器，減弱瑪那壓力的攻擊都不會有超出外觀以上的威力。但反過來說，倘若大量加壓瑪那……」

庫法這麼說道的同時，緩緩揮動木刀，花上兩倍時間揮落。雖然是讓人有些不耐煩的慢動作，但那把木刀上有蒼藍火焰以宛如岩漿般的氣勢旺盛燃燒著。就在那刀緩緩地，慢慢地擊中梅莉達握著的木刀那瞬間——

啪唰——！發出了爆炸般的聲響，梅莉達仰面被吹飛出去。

「呀嗚！」

「就像這樣，攻擊的威力會膨脹成好幾倍甚至好幾十倍。」

庫法看著眼前跌倒在地，眼冒金星的梅莉達，無情地拍了拍手。

「好了，快站起來！」

「嗚嗚，是～……」

「這就是調整與思念壓力比率的基礎知識。我們將瑪那壓力高於百分之十的地方稱為『混沌比率』，其他部分則稱為『中立比率』來加以區分。把一個地方的混沌比率提昇得愈高，愈能強化那部分。像是能夠暫時提昇攻擊力，或是提高防禦力和敏捷力。不過這招有利有弊，既然瑪那總量是百分之百，將瑪那集中加壓在某一部分，就表示其他大部分會變弱。」

庫法這麼說道，同時將木刀插在腰上，擺出拔刀的架勢。

「例如能力者發動攻擊技能時，大多是將瑪那集中在武器上，相反地身體的防禦力會薄弱到極點。」

「是發動攻擊的機會呢！」

「正是如此。不過對方正在準備強力的攻擊，倘若挑錯時機，會直接遭到反擊；請妳先理解有這樣的危險性。」

庫法解除架勢，將瑪那平息到低迷狀態，再次回到黑板前。

「倘若能運用自如，混沌狀態極其有利，但有一個很大的問題。戰鬥時，在攻擊或防禦上控制瑪那壓力的行為，平常幾乎是無意識地進行。」

「無意識地？」

「是的。畢竟只有能力者的『意志』會加壓瑪那——小姐在與我過招時，也會自然地增加纏繞在武器上的瑪那；或是在感覺要挨打時，將瑪那集中起來，想保護該部位喔。」

「不會吧！」

連忙俯視自己身體的梅莉達實在太滑稽，庫法不禁露出微笑。

「無論處於何種狀況都能平均維持瑪那的技術，稱為『貫徹秩序』。要靠自我意識去控制瑪那和思念壓力比率，就是那般困難。」

庫法說完後，再次拿著粉筆面向黑板。雖然已經幾乎沒有可以寫字的空間，但接著要傳授的是今天最後的課程。

「在這邊先說明一下技能的架構吧。代表攻擊（Assault）、防禦（Aegis）、移動（Figure）的各種技能，是將掌控瑪那和思念壓力比率的無意識模式化的東西。」

「將無意識……模式化？」

「是的。例如在下次的比賽中，會成為梅莉達小姐對戰對手的涅爾娃小姐，她已經學會被稱為『蓋力克鐵鎚』的重量武器系攻擊技能。這是刊登在課本上的基本技能呢。」

庫法用雙手的手指握住小小的粉筆，高舉到頭上。

「這項技能是在『把武器揮向頭上↓往前踏步揮落武器』這一連串動作中，將『把瑪那集中在武器上↓維持一定時間的集中＝衝撞到什麼的話就爆炸↓轉移至中立狀態』這種瑪那的流動模式，以『混沌比率45％』深層記述（Programing）下來，然後『命名存檔』為『蓋力克鐵鎚』。呼叫出這個程式，能夠在限定範圍內控制無意識下的瑪那和思念壓力比率。所以攻擊技能幾乎只能進行固定的動作，破綻相當大，相對地具備通常攻擊無法相比的強大威力。」

這些事對剛進入養成學校就讀的一年級學生來說，似乎有些太複雜了。

不過與庫法的擔心相反，手指貼著下顎，認真聽課的梅莉達，沒多久後抬起頭提出疑問：

「那麼，學院的學姊和騎兵團的人們在使用技能時，會勇猛地喊出招式名，莫非是『這個程式給我出來！』的意思嗎？」

「太棒了，就如妳所想的一樣——當然經過訓練的話，即使不發出聲音也能使用；但『我要用這招技能嘍！』的強烈念頭，果然還是會成為瑪那的爆發力，賦予技能更加強力的效果。」

「老師，可以再問一個問題嗎？」

「儘管問。」

梅莉達禮貌地舉手之後，提出下一個問題。

「剛才老師說到『刊登在課本上的技能』，這表示另外有沒刊登在課本上的技能嗎？」

「當然。因為怎樣的攻擊動作才適合自己會因人而異，千差萬別。刊登在課本上的技能只有無論誰都能通用的單純動作。更進一步的技能要由使用者各自摸索戰鬥方式，創造出只屬於自己的獨門技能。」

「獨門技能……！老師也有嗎？」

庫法露出有些苦澀的表情點了點頭。庫法回憶起他以前被迫進行創造技能數量的訓練，最終被迫想了大約兩百個技能，但想到後面時靈感也逐漸枯竭，讓庫法感到厭煩。而且其中能在實戰裡派上用場的，即使是現在也僅有極少數。

「雖然有些多餘，但是小姐，順道給妳一個忠告。」

「咦，是。」

「要開發獨門技能，使用者的戰鬥判斷力不用說，這領域還講求命名品味。最好能先閱讀大量書籍或詩集來磨練感性。」

「老……老師，你的肩膀在顫抖，是想起討厭的回憶嗎？」

「請別放在心上。」

庫法左右搖了搖頭。替自己想的技能取了糟糕的名字，在同伴之間引起大爆笑這種經驗，肯定是每個人都有過的。

庫法像是要恢復平常心般「咳咳！」地輕咳了兩聲。

「那麼，講解到這邊，小姐應該明白了吧。剛才所說的『馴服混沌』，就是指有意識地控制託付給無意識的瑪那和思念壓力比率這種技術。」

庫法從填滿黑板的文字列中找出「馴服混沌」一詞，敲了敲該部分。他宛如數學一般，在那個詞彙下面寫出算式。

「以小姐和涅爾娃小姐的能力為例子，來思考看看吧。從前幾天的成績單中，得知涅爾娃小姐的能力值是『攻擊力25』『防禦力24』『敏捷力18』。相對於此，小姐一星期後的能力值──雖然是我的估算，不過假設是『攻擊力18』『防禦力15』『敏捷力21』。只比較這些的話，從正面一對一激戰時，小姐的勝算應該相當低吧。」

「是……是的……」

「不過，請試著思考小姐使用『馴服混沌』，替武器加壓了比率20％瑪那的情況。混沌時的強化率與思念壓力比率的數值是相等的，所以小姐的暫時性攻擊力會提昇到『22』；再加上假如涅爾娃小姐將某處的中立比率無意識地減少到7％，那時她的防禦力是……？」

庫法以視線催促，於是梅莉達慌忙地扳著手指計算起來。

「呃，我想想……原本的數值是24，它的7％是…………奇怪？」

「中立比率是以10％為基準，所以比率為7％的情況，就是能力值減少三成。上昇率與降低率的差別也一樣，這部分試圖追求精準數值的話，算式會變得過於複雜，因此會使用簡略化的算式。」

哦──梅莉達感嘆似的開口，庫法微笑地看著她。

「中立比率為7％時，涅爾娃小姐的防禦力是『17』──就像這樣，可以知道滿足條件的話，小姐的攻擊力能夠突破涅爾娃小姐的防禦力。豈止如此，倘若事先得知對方的能力值，就能從對方分配給全身曼托的瑪那量，在戰鬥中即時推算出各部位的當下能力值。像那樣對照敵我的能力值，就能將份量適中的瑪那分配給攻擊或防禦。」

「戰……戰鬥時能夠做那麼複雜的計算嗎……？」

梅莉達不禁浮現出快昏過去的表情。庫法挑起眉毛。

「小姐覺得很困難嗎，但是，請妳努力練習到能辦到。因為這是高手都會做的事情。」

「呼咕……是……是的。」

梅莉達儘管淚眼汪汪仍點頭應允的感人模樣，讓庫法也不禁想縱容她。

「不用這麼焦急也沒關係的，畢竟這個『馴服混沌』，原本是到二年級的第三學期才會學習理論，然後逐漸累積訓練的技術。」

「是這樣嗎？」

「是啊——也就是說要學會這項技術就是這般困難。縱然是隸屬於騎兵團的戰士，不擅長這項技術的人也不在少數。但倘若以高手為目標，這是必定得學會的奧義……！這是因為如果能憑自己的意志自由自在地控制攻擊力、防禦力和敏捷力，也能跟比自己高等的對手打到平手以上的緣故。」

庫法放下粉筆，將木刀用力豎在地面上。

「雖然不像攻擊技能那麼華麗，但具備足以彌補且有餘的實用性。從今天起的一星期，要請小姐將所有時間都用在提昇基礎能力與訓練這個『馴服混沌』的技術──為了在公開賽中獲勝。」

「是的！立刻來努力練習吧！」

「……不，我們暫且休息一下，吃點甜食吧。」

「咦……？」

就在梅莉達感到疑惑時，一直從她身體噴射出來的輝煌火焰，簡直就像木柴燃燒殆盡似的喪失氣勢，最終變弱並消失無蹤。

梅莉達整個人陷入恐慌。

「咦……咦！奇怪？老……老師，怎麼辦，瑪那發不出來了！」

「請小姐放心，火種本身到死都不會消失喔──幾乎不動的狀態下，大約不到三十分鐘嗎？這就是小姐目前能維持中立狀態的極限。如果換算成數值來說，大概是二十到三十之間吧。」

「這……這是怎麼一回事呢？」

「瑪那『一直在燃燒』對吧，換言之，就是『一直在消耗』。消耗掉的瑪那基本上只有一個恢復方法，就是在低迷狀態下休息。在戰場上這會成為很大的破綻，所以小姐最好謹記在心。」

倘若闔上眼皮，還是一樣能夠感覺到胸口深處有火種的存在吧。梅莉達似乎對剛才陷入混亂的自己感到難為情，她臉有些泛紅地說道：

「換……換句話說，目前的我在沒有休息的狀態下，能夠戰鬥的時間只有不到三十分鐘……？」

「不，還要更短暫。倘若進行激烈的戰鬥，也會消耗更多瑪那；尤其技能是爆發性地燃燒瑪那來發動的東西，需要相對的代價——瑪那的總量也只能透過訓練來增加，所以從今天起，要請小姐每天都努力練習到瑪那耗盡為止喔！」

「嗚……」

梅莉達像是忍不住一般，有些痛苦地閉緊嘴脣。庫法依舊面帶和善的笑容，將木刀劈啪一聲地用力打向自己手心。

「妳的回答呢？」

「是……是的！」

† † †

「喝啊……哈！」

梅莉達揮出的一擊又再次將能力值應當占上風的涅爾娃吹飛。目睹到這不知是第幾次的光景，蘿賽蒂伴隨著確信大喊：

「不會錯的！那孩子……在觀察瑪那的流動！」

涅爾娃不顧一切地揮動鎚矛。在鎚矛彷彿快擊中的瞬間，梅莉達的瑪那大幅度地搖晃，集中在一處的瑪那大幅抵銷敵人的攻擊力。

然後梅莉達只要反過來用集中了瑪那的刀，瞄準敵人無意識地減弱瑪那的地方……啪沙！就能讓武器擊出激烈的聲響，達到最大效率的損傷！

「咕嗚……！」

看到涅爾娃因痛苦而扭曲的表情，庫法確信了訓練的成果。

梅莉達的馴服混沌還很笨拙，能夠控制的混沌比率大約20％就到極限，而且加壓速度也很慢。儘管如此……倘若是一年級學生的對砍比賽，這樣就足夠了！

——儘管攻擊吧，小姐！

在屢次遭到痛打後，涅爾娃終於屈膝倒地。她的耐力（HP）也接近極限了。即便被慘電成這樣，她仍然不打算投降，是因為頑強的自尊心支撐著她嗎？

「別……別開玩笑了……！為什麼我會輸……？」

涅爾娃氣喘吁吁地起伏著肩膀，以凶猛的表情這麼低喃。她坐倒在地面的姿態毫無防備，梅莉達當然不可能放過這個機會。

梅莉達用雙手將刀高舉到頭上，往下揮落。涅爾娃勉強架起鎚矛，但那姿勢實在無法徹底承受。所有觀眾都預感到勝負已定了。

不過，就在之後——

啪沙——！發出雷鳴聲響被彈回來的，是梅莉達的刀。

「「……！」」

梅莉達與涅爾娃同時睜大了眼。出乎意料的狀況，讓觀眾們也驚訝地張嘴「啊！」了一聲。只有包含庫法在內的幾個人在瞬間察覺到真相。

——糟了！瑪那耗盡了！

梅莉達在徹底把對手逼入絕境前耗盡了瑪那。縱然用『馴服混沌』設法彌補基礎能力的差距，唯有HP和MP的絕對量是無可奈何的。

沒想到鬥士位階的高持久力，會在這時露出獠牙……！

涅爾娃慢了幾秒後，也追上庫法的思考，浮現出強烈的喜色。

「妳得意忘形過頭了……梅莉達．安傑爾！」

「嗚！」

情勢一轉，涅爾娃揮出的鎚矛發出高亢的衝擊聲響。勉強接住攻擊的梅莉達，也大幅度被推回後方。

涅爾娃勇敢地站起身，全身噴射出不祥火焰。彷彿想說已經不足以畏懼般，輕易地縮短兩人間的距離，使勁揮動鎚矛。

梅莉達無法閃開全部的攻擊。每當梅莉達用刀接住攻擊，就會滑稽地被撞向後方。她極度缺乏用來防禦的瑪那。

「真滑稽呢，梅莉達！沒錯！果然妳比較適合這樣，彷彿羔羊一般地到處逃竄！妳只要畏懼著野狼不停發抖就行了！」

「……唔！」

「噯，害怕嗎？妳現在是什麼感覺呀！等下我就把妳像殘渣一樣的瑪那全部吹飛，痛毆妳整個身體！就像妳剛才對我做的一樣！妳就哭喊著後悔自己反抗了誰吧！」

眨眼間變成了單方面的展開。梅莉達剩餘的瑪那以數值來說的話，大約是五或四嗎？梅莉達害怕耗盡所有瑪那，只是拚命逃跑。一旦承受到無法徹底閃避的攻擊，僅剩不多的瑪那會被磨損耗盡，梅莉達本身也會大幅度後仰。

梅莉達勝利的希望，正確實地被逐步摧毀……

「……嗯，結果還是這麼回事呢！」

原本目瞪口呆的觀眾席，也發出像是感到安心的低喃聲。

「但梅莉達小姐也努力奮戰過了呢！能夠打到這邊已經足夠了！」

「是啊，說得沒錯！跟不能使用瑪那的時候相比，簡直是大進步呢！」

一個人起頭後，評價便接連溢出。那語氣彷彿比賽已經結束了一樣。

儘管讚賞梅莉達的奮戰，但他們最後都會這麼一致地說道：

「就算這樣，獲勝的果然還是對方呢！」

庫法在膝蓋上握住的拳頭不停顫抖著。艾咪的手輕輕重疊到庫法的拳頭上，她看似擔心的眼神窺探著庫法。

「庫法先生……」

庫法沒有餘力去回應替自己感到擔心的艾咪，他稍微抬頭仰望後方。

「她奮戰過了」、「努力過了」。這種藉口沒有任何意義。沒有成果的努力，不會獲得任何人的評價。

莫爾德琉卿在貴賓席掩面，彷彿世界末日來臨了一般。相反地，菲爾古斯公依舊一臉嚴肅地俯視著舞台。

不過，他的眼皮忽然闔上，發出了「呼」一聲的微弱嘆息。

「……嗚！」

就在庫法因絕望而表情扭曲時，隔壁座位的人用力戳了戳庫法的側腹。一直入迷地觀看著比賽的蘿賽蒂提醒庫法：

「好像要分出勝負嘍！」

庫法立刻將視線移回舞台上。還是一樣由涅爾娃單方面使出攻擊，梅莉達只是拚命往後退。不過，梅莉達看準涅爾娃揮空鎚矛的瞬間，用身體衝撞過去，進入拉鋸戰。

梅莉達拚命忍住不讓身體被撞飛，堅定地抬起頭。

「……我才不怕呢！」

「啥？」

「我說妳這種畏畏縮縮的攻擊，不管打中幾次，也是一點都不痛啦！」

「……妳這傢伙！」

涅爾娃氣得滿臉通紅，使勁地用鎚矛將梅莉達頂回去。梅莉達被大幅度地擊退，但她沒有跌倒地著地了。

涅爾娃的瑪那無意識地纏繞到鎚矛上，她全身宛如熱氣一般搖晃著。

「妳太囂張了！明明是梅莉達！明明是梅莉達！明明是梅莉達！」

涅爾娃順著激情揮動鎚矛。梅莉達跌倒在地面上勉強閃開，代替梅莉達被命中的樹幹被挖開一個大洞。

涅爾娃一邊揮舞鎚矛，一邊大聲嚷嚷：

「為什麼妳到現在還會覺醒瑪那啊！要是妳一直維持原樣就好了！妳乖乖地當我的朋友就好了！」

涅爾娃咬牙切齒，眼眸扭曲。

「我好不容易……才覺得有點痛快……！」

僅僅一滴浮現出的淚水，究竟是源自怎樣的心境呢？

隨後鎚矛低吼，將刀從梅莉達手中彈開。飛舞至上空的刀碎成兩半。已經耗盡所有瑪那——就在每個觀眾都理解到這件事時——

「妳說不會痛是吧！」

轟！涅爾娃解放出氣勢更加旺盛的不祥火焰，那一切都灌注到鎚矛頂上，是攻擊技能「蓋力克鐵鎚」的預備動作。

「我要狠狠重擊妳的肩膀，讓妳連湯匙都拿不起來——」

「『幻刀一閃』——…………」

瞬間。

競技場的一切都凍結起來，所有人的視線都集中在少女身上。

失去刀的梅莉達立刻將手貼在腰間，能看見她的指尖閃耀著彷彿在黑暗中拚命眨眼，卻又神聖明確的光輝。

涅爾娃浮現出驚愕的表情，她應該是理解了吧。刀會碎掉不是因為瑪那耗盡，而是將最後剩餘的瑪那，為了這一瞬間保留下來——

梅莉達的右腳宛如雷電般踏出。

「『風牙』！」

不可視的衝擊伴隨著沒有刀的揮擊命中涅爾娃。將瑪那收縮成有如刀刃一般，並轉化成攻擊力的一擊，從梅莉達的指尖飛翔而出。這招直接擊中了因為攻擊技能的弊病，防禦變得薄弱到極點的涅爾娃腋下。

「嘎！哈……！」

涅爾娃的身體不穩地傾斜，倒落到地面上。儘管梅莉達的攻擊只具備些微瑪那，但確實命中了弱點，而且涅爾娃的持久力也早已經到極限。鎚矛從涅爾娃的指尖滑落，集中在鎚矛上的不祥火焰空虛地煙消雲散。

當每個人都說不出話時，庫法發出聲響，從座位上站起來。

——那招技能是我的……！

是庫法為了中距離戰創造出來的獨門攻擊技能「幻刀術」。為什麼梅莉達會這招？

「那孩子不是還不會使用攻擊技能嗎……！」

蘿賽蒂也驚愕地睜大了眼。但庫法因為太過震撼，甚至無法回答她。沒有人教她這招。至少庫法並沒有教梅莉達這招。

換言之……梅莉達是自己摸索出這招的。

她僅僅看過一次庫法的技能，只是聽了位階的說明，就察覺到武士能夠將瑪那本身當作武器。她在庫法沒看見的地方悄悄反覆鍛鍊，為了公開賽創造出另一張王牌。

她明明每天光是因為基礎體力和馴服混沌的訓練，就整個人精疲力盡了才對……！更重要的是，還不只是如此。為了以最大限度活用最後的攻擊力，梅莉達瞄準了對方的破綻。她以話語挑釁對方，刻意放開武器，控制涅爾娃的意識，讓她使用攻擊技能。她完美地吸收庫法的指導……獲得了勝利！

庫法顫抖著身體，一陣難以言喻的電流竄上他的背後。

——小姐……妳這人真的是！

「呼……呼……呼……！」

使盡所有瑪那的梅莉達，抖動肩膀大口喘氣。不過她立刻解除拔刀的架勢，飛奔而出。

「這個借我一下！」
梅莉達撿起滾落在涅爾娃手邊的鎚矛，邁向森林更深處。前方是敵人的陣營深處，在舞台的對岸，可以看見沒有任何人防守的大燭台。
「啊……！」
就在涅爾娃這方的小組成員驚訝地要採取行動前——
「一對一！快支援梅莉達同學！」
梅莉達這方的小組隊長尤菲大喝一聲，成員在隊長催促下動了起來，朝對方小組成員發動攻擊。一個人確實地擋住一個人的行動。
已經沒有任何事物能阻礙梅莉達。梅莉達只靠原本的身體能力穿過剩餘的距離，到達設置在森林當中的敵方據點——那簡直就像是少數部落的祭壇。
梅莉達對準在那裡輝煌燃燒著的燭台——一揮鎚矛。
鐺————！底座發出宏亮聲響地吹飛出去，在半空中飛舞到一半時，火焰消失了。金屬製的底座掉落到地面上，發出尖銳的聲響。人們的視線緊盯著揮落鎚矛後，就那樣靜止在原地的梅莉達。
靜寂了幾秒後。
「喔……喔喔……！」

LESSON: III ～被從旁守護這件事～

沒多久從某人口中發出嘆息，那就宛如開端一樣，「唔喔喔喔喔！」的巨大喧囂聲包圍整座競技場。

† † †

「小姐！」

「老師！」

庫法在選手退場口等候，看見熟悉的金髮少女排在隊伍最後列附近出來。庫法和臉上浮現喜色的艾咪一同飛奔到梅莉達身旁。

「你看到了嗎？老師！我…………呀啊啊啊啊！」

「實在太精彩了，小姐！」

庫法一飛奔到梅莉達身旁，立刻抱住她的腋下，將她高舉到頭上。就像把小寶寶舉高高那樣。擠滿周圍的其他學生和學生家人們的視線，不由分說地集中在梅莉達身上。

梅莉達滿臉通紅地掙扎起來。

「老……老師！我已經不是小孩了！」

「太棒了！太棒了！這成果超出我的期待！」

「今晚應該舉辦派對呢！我會準備很多豐盛的料理喔！」

「連……連艾咪都這樣！已經夠了，快放我下去啦～～！」

之後庫法又抱著梅莉達大約轉了三圈，才總算解放了她。

周圍的人都感到溫馨似的呵呵微笑，他們的視線似乎讓梅莉達有些害臊，梅莉達緊緊抓住艾咪的女僕服。

「嗚嗚，我都十三歲了……好丟臉……」

「十分抱歉，我太高興了，情不自禁。」

「真是的，老師意外地孩子氣呢！」

梅莉達氣鼓鼓地這麼說道，於是艾咪撫摸梅莉達的頭髮，安撫著她「息怒息怒」。

「請小姐別這麼說，庫法先生真的很擔心您喲。尤其在小姐比賽獲勝時，庫法先生甚至從椅子上站起來……」

「對了！小姐，妳什麼時候偷學了我的技術？雖說是基礎中的基礎，但能靠自學重現出別人的攻擊技能，就憑一般的集中力是——」

就在庫法話說到這邊時，艾咪突然抓住庫法的肩膀，阻止他說下去。

艾咪接著連忙放開梅莉達，深深地低頭行禮。

「老……老爺好！」

梅莉達全身僵硬起來，庫法反射性地抬起頭。

將銀髮向後梳理整齊的壯年男性，站在離三人有點距離的地方。

「父……父親……大人……」

梅莉達戰戰兢兢地面向男性。感受到她的父親，也就是安傑爾家現任家長菲爾古斯·安傑爾的存在（瑪那），雖然有些遲了，但一陣毛骨悚然的寒意竄過庫法背後。

——該不會被他聽見了？

梅莉達使用的是武士位階的庫法的獨門技能這件事。也就是梅莉達位階的底細。否則，理當在貴賓席觀戰的他，會在比賽結束後來到這邊，究竟是基於怎樣的想法呢……

彷彿能聽見吞口水聲一般，緊張的幾秒鐘。

過沒多久，菲爾古斯公柔和地放鬆他皺紋顯眼的臉龐，開口說道：

「實在是場精彩的比賽……」

「……！」

梅莉達的表情瞬間明亮起來，庫法則是感覺鬆了一口氣。然後邁出步伐的菲爾古斯公——毫不停留地通過女兒身旁，對位於前方的貴族男性面露笑容。

「令嬡的活躍讓我佩服不已喔，迪薩爾克卿！」

「這不是菲爾古斯大人嗎！是啊，是啊！今天的比賽會成為流傳在我迪薩爾克家的英勇事蹟吧！——先不提這些，梅莉達小姐才令人佩服！她勇猛奮戰的姿態，就有如獅子一般威猛啊！」

「沒那回事，她只能用下流的方式取勝，實在教我羞愧不已。」

「……唔！」

梅莉達纖細的身軀僵硬起來。

與迪薩爾克卿打完招的菲爾古斯公，轉身回頭尋找下一個打招呼的對象。他依舊背對著梅莉達，看也不看她一眼。

「父——父親大人！」

梅莉達拚命開口呼喚，他才總算停下了腳步。

梅莉達緊握胸口，對著宛如牆壁一般的巨大背影，擠出顫抖的聲音說道：

「父親大人……我……我贏了……我第一次能獲勝……！」

「…………我看見了。」

菲爾古斯公以宛如岩石般堅硬的聲音回答，轉頭看向梅莉達。

「只不過是贏了一次，別得意忘形。那種報告等妳在與其他學校的對外比賽中也能常勝之後再說。」

「……嗚！」

咬緊牙關忍耐的人反倒是庫法。這是對堅強的女兒該說的話嗎？庫法差點忍不住對菲爾古斯公怒吼。

不過在他怒吼前，梅莉達的手緊緊抓住庫法軍服的袖子。

看到梅莉達快哭出來的表情，庫法領悟到梅莉達並非想阻止庫法，而是情急下尋求可以依靠的對象。

「……是的。非常謝謝您……今天特地來觀看比賽……」

梅莉達深深地鞠躬。菲爾古斯公的表情沒有絲毫變動，他將臉轉回前方後，就那樣離開到人潮的對面了。

以時間來說，這場親子邂逅連一分鐘也不到。

「小姐，請您打起精神……」

艾咪輕聲安慰著眼中堆滿淚水，低下頭的梅莉達。

庫法也跪到梅莉達面前，拉起她小巧的手，開口說道：

「小姐……太好了呢。」

「咦……」

梅莉達訝異地抬起頭，又立刻低頭望向地面。

「……並沒有多好。」

「是這樣嗎？請妳仔細想想看。倘若是以前的小姐，就連在比賽中獲勝，還有向老爺報告勝利一事也辦不到吧。還有恕我直言……我想老爺也不會找小姐搭話。」

庫法增強握住手指的力量，繼續說道：

「但是今天，小姐獲得了向老爺搭話的勇氣。而且老爺也是，即便不是小姐所期望的話語，他仍舊回應了小姐。這可是向前了一大步。因為這表示對老爺而言，小姐已經變成他無法忽視的存在了——在對外比賽中常勝？很好，就變成常勝者給他看吧！」

「老師……」

梅莉達以濕潤的眼眸筆直回看著庫法，然後點了點頭。

就在這時，有個尖銳的聲音突然響徹周圍。

「梅莉達．安傑爾！」

一看之下，帶著姊妹們（布爾梅）的涅爾娃．馬爾堤呂就站在退場口旁邊。她的演武裝束已經面目全非地沾滿泥巴，手上抱著像鈍器的四角形物體。看到她發出踢踢躂躂的腳步聲不客氣地走近，庫法做好了可能會展開場外混戰的覺悟。

不過，涅爾娃一靠近，立刻將她手上拿的東西塞到梅莉達手上。

那是以前她從梅莉達手中搶奪過去的流行戀愛小說。

「我已經看完了……還妳！」

涅爾娃像是要掩飾臉紅似的別過頭去，立刻轉身離開。她在離開前……

「……對不起！」

留下這麼短短一句話，彷彿這是她的自尊一般，然後飛奔而去。姊妹們也倉皇失措地連忙追逐她的背影。

梅莉達抱著沉甸甸的小說，茫然目送著涅爾娃的背影……

「喔……喔。」

她晚了幾秒，才這麼愣愣地回答。看到梅莉達似乎還無法理解狀況的表情，庫法忍不住噗嗤了出來。

「太好了呢，小姐。」

「太……太好了嗎……我搞不太懂狀況。」

梅莉達一臉不可思議地思索起來，庫法將她交給艾咪，轉過身去。

「那麼，小姐，我有點瑣事要辦，待會再見。」

「咦，你要去哪？」

「我有些話要找涅爾娃小姐聊聊。必須讓她明白不是道了一兩次歉，就能自以為獲得原諒了。」

庫法不曉得從哪裡拿出木刀。他彷彿在預演如何教訓獵物似的快速揮動木刀，梅莉達連忙抓住庫法的背。

「請……請請請請別這樣！我已經很滿足了！」

就在這時，小號的聲響彷彿要幫梅莉達解圍似的響徹周圍。是下一場比賽開始的信號。

艾咪像是要打圓場似的拍了拍手。

「第二場比賽輪到愛麗絲小姐上場呢，我們邊吃便當邊替她加油吧！」

† † †

庫法帶著梅莉達回到剛才的觀覽席，所幸那裡依舊是空位。宛如模特兒一般上鏡的紅髮女孩也依然沒兩樣，唯獨產生了一個變化。

有個穿著圍裙裝的老婦人擋在蘿賽蒂面前。

「……蘿賽蒂老師，那跟我們所期待的教育方針不一樣。妳還無法脫離度假的心情嗎？妳再不清醒一點的話，我們會很傷腦筋。」

「就……就算妳叫我清醒點，我也只是以我的方式在做我認為會對那孩子有幫助的事情……！」

這是……在爭論嗎？挺直背部的年邁女性，與縮在椅子上的女孩這種構圖，看起來也像是挨罵的小孩拚命在反抗。

過沒多久，圍裙裝的老婦人注意到這邊，於是宛如機械一般以優雅的動作轉身離開。她經過身旁時，與艾咪像對照鏡似的點頭致意。

「這不是梅莉達小姐嗎，您剛才相當活躍呢。」

雖然用詞非常禮貌，但她的聲音與態度之間略為帶刺。庫法目送就那樣離開現場的老婦人，開口詢問蘿賽蒂：

「剛才那位是？」

「……我家的女僕長。」

蘿賽蒂不滿地噘起嘴脣，簡短地這麼回答後，往旁邊移動一個位置。庫法道謝之後，自己坐到蘿賽蒂讓出的座位，讓梅莉達坐在他與艾咪中間的座位。

「愛麗的家裡發生了什麼事情嗎？」

「不，與其說是愛麗絲小姐，不如說是傭人的問題。抱歉，妳別放在心上喔。」

蘿賽蒂這麼勉強地笑道，補充了一句「恭喜小姐晉級第二回戰」。梅莉達感受到背後似乎有複雜的原因，十三歲的她無法再繼續追究下去。

艾咪隨即打開裝有便當的野餐籃，幫忙打圓場。

「來，小姐。我做了很多小姐愛吃的雞肉三明治喔！」

說著說著，過沒多久，第二場比賽的選手們便伴隨輕快的小號旋律進入了舞台。瞬間，觀眾席湧起「哇啊！」的宏亮歡呼聲。

「快看啊！那就是愛麗絲．安傑爾小姐！」

「好美的銀髮！多麼惹人憐愛的姿態……的確有聖騎士風範呢！」

他們關注的是進入湖上舞台的一名女學生。她提著長度近乎她身高的長劍，身穿格外耀眼輝煌的演武裝束。銀色頭髮輕柔地隨風飄逸，不過表情一如往常毫無感情。

簡直就像義務一般，銀髮少女率先拔劍，揮劍在頭上轉圈。雖然是平淡的動作，但觀眾席發出更響亮的聲援。哎呀哎呀各位觀眾，這期待度跟我家小姐相差真多呢？庫法不禁有些鬧彆扭地這麼心想。

「真厲害呢……」

梅莉達悄聲低喃，看到遠方愛麗絲的身影，她有何感想呢？雖然無法從梅莉達的側臉看出她真正的想法，但庫法明白的事情僅有一件。

「小姐，妳嘴巴沾到雞肉三明治的醬料了。」

「呼哇哇，我……我可以自己擦……唔咕咕——」

庫法將梅莉達高貴的嘴唇擦拭乾淨後，重新面向舞台。

「小姐，只要具備上進心，周圍的所有事物都可以成為學習材料。我們一邊用餐，一邊觀察第二場比賽的選手們情況吧。」

「請多指教，老師！」

梅莉達活力充沛地這麼回答，就在同時響起了比賽開始的信號。

各舞台的選手們伴隨小號的音色同時動了起來。庫法等人關注的自然是愛麗絲所在的湖上舞台。

湖上舞台整體被水深相當深的游泳池填滿，橋樑縱橫交錯地連接起四處可見的小島，是宛如迷宮一般的場地。踏腳處極端地少，而且行進路線有限，因此必須在出第一招時就想好計畫，否則眨眼間就會陷入死胡同。

愛麗絲這方的小組在第一招時就失敗了。她們的小組隊長似乎是以速度為重，在連接著據點的每一座橋上，都派出一名成員讓她們前進。這樣的進軍方式實在看不出什麼計畫性。

「這樣隨便分散戰力不太好吧……」

「是啊，一氣呵成當然不是壞事，但在這種舞台上，真希望她們能再冷靜點思考呢。小姐，請看舞台的對岸。」

梅莉達看向庫法指著的前方，只見對戰對手的小組，所有人都還沒從據點離開。她們犧牲了幾十秒掌握舞台的構造後，分成三頭行動。擁有神官位階的小組隊長單獨行動，身為遠距離攻擊位階的槍手也單獨行動，然後一名鬥士和兩名劍士組成三角陣，前往中央橋梁。在這個時候，愛麗絲那方的小組已經點燃兩個小燭台。

不過，開始行軍的對方小組實在相當迅速。小組隊長流暢地脫離迷宮，點燃一個小燭台；分頭行動的槍手也射穿了兩個小燭台，眨眼間情勢就逆轉了。然後剩下的三人占據了中央的小島。

「那座中央小島是交通要地，超過半數的小燭台都必須經由那座小島才能到達。雖說是場地狹窄的舞台，但不到一分鐘就能察覺這點，她們直覺相當不錯。」

「愛……愛麗她們的小組有點傷腦筋了！」

愛麗絲這方的小組成員理應奔往不同方向，有的人卻在意外的地方碰頭，或是在相同地方打轉，完全迷了路。在這段期間，對方小組的槍手也確實地點燃小燭台，眼看雙方差距愈來愈大。

小組有四人會合了，除了愛麗絲以外的少女們，互看彼此後點了點頭。然後所有人一起朝著某處飛奔而出。

「既然如此，就只剩一個方法了。她們頭腦靈活實在是件好事。」

她們前往的目的地是中央小島。她們打算突破擋在那裡的三人，直接攻擊對方小組的大燭台。除此之外沒有一招逆轉的方式了。

不過對方小組當然也是設想到這點，才配置這些成員。從橋上攻擊的四人，與防守小島的三人。在踏腳處狹隘的橋上無法好幾人並列戰鬥，但位於島上的三人反倒能接連不斷地頻繁交換位置，分散損傷。

以手指動作指示輪替的，是分頭行動中的小組隊長，也就是神官。她本身也確實地瞄準小燭台，同時發揮精確的觀察力。

「劍士位階有『堅牢』這項阻擋敵人舉動的能力，因此無法輕易突破她們的防守。倘若硬闖進去，可能會在敵人正中央遭到圍毆。那麼，不曉得愛麗絲小姐的小組，之後能否展現出實力呢……」

這時響起了尖銳的金屬聲，蓋過庫法的語尾。

庫法等人和觀眾的視線都迅速看向了那邊。首先看見的是吹飛到半空中的燧發槍（Musket）。理應裝備著那槍的槍手，看到刺在眼前的長劍，忍不住舉起雙手。

「我……我投降！」

「…………」

那之後長劍主人看也不看對方一眼，迅速地飛奔而出。是愛麗絲。

她以宛如雷電般的速度飛奔到身為戰場要地的中央小島。愛麗絲用左手示意同伴讓出條路，然後順勢衝進敵陣。她強硬地突破位於前頭的鬥士，不過在後方待命的劍士們使出雙重的「堅牢」能力，緊緊釘住愛麗絲的雙腳。

「這用法太亂來了！那樣子會……」

庫法話聲剛落，預測便成為現實。

在敵陣正中央停下腳步的愛麗絲，受到來自三個方向的同時攻擊。兩把劍與具備尖銳突起的晨星錘（Morning Star），刺穿演武裝束和露出的肌膚。滋滋！響起瑪那的衝撞聲，梅莉達驚訝地掩住嘴角。

愛麗絲在身體搖晃傾斜後，把腰彎低。

「……『太陽旋風（Sol Brandish）』。」

愛麗絲架到肩膀高度的長劍，迸出激烈的光芒。應該形容成白色雷電的純粹火焰，以壓倒性的震撼力讓對方小組的三人感到畏縮。

愛麗絲沒有展現一絲氣勢，在短暫踏步的同時轉了一圈身體，長劍勾勒出螺旋軌跡，幾乎是同時擊中周圍三人的胸口。慢了一拍後，瑪那的純粹火焰描繪出完美的圓環並擴散，三人因衝擊而大幅度被吹飛，掉落到湖裡。

一擊三殺……！跟其他選手等級截然不同！

絲毫不把集中攻擊當一回事的防禦力，理所當然似的發動攻擊技能，還有那股威力！遠遠超越養成學校一年級學生的平均能力值。這就是上級位階聖騎士的潛能嗎？庫法感受到輕微的戰慄。

至於掉落到湖裡的三人，所幸她們位階的防禦性能較高，似乎沒有溺水的樣子。不過承受到愛麗絲的攻擊技能，讓她們的瑪那消耗得相當嚴重，任誰來看都明白她們不可能繼續戰鬥。愛麗絲本身沒有確認這點，又加速飛奔而出。

在這個時候，小燭台幾乎都已經落到對方小組手上，但假如能攻陷毫無防備的大燭台，就是愛麗絲等人獲勝。對方小組僅存的一名神官，不抱期待地折返回本陣。這已經不是敏捷力的問題，而是距離相隔太遠，根本來不及。

然而，到達敵陣大燭台前的愛麗絲，不知為何在那裡停下了腳步。

愛麗絲轉過身，等候對方小組的神官拚命飛奔過來。

「妳瞧不起人嗎！」

神官一邊奔跑，一邊用雙手拉緊長杖。雙方距離逐漸拉近，在衝撞的同時金屬聲響徹周圍。愛麗絲依然面無表情地接住對方渾身的攻擊，輕輕用劍推了回去。等級天差地遠的瑪那壓力，將神官用力推回後方。

「咕……喝啊！」

神官氣勢洶洶地展開激烈攻擊。但無論她怎麼順著氣勢攻擊，或是好幾次揮落長杖，愛麗絲都沒有擺出像樣的架勢，靠一隻手就彈開了攻擊。

被迫體認到自己的全力攻擊根本毫無作用，神官的表情有一瞬間閃過絕望。彷彿要穿過那瞬間一般，愛麗絲揮動手臂。長劍準確地掃開神官的胸口，輕易將她吹飛到湖中。

在湖裡冒出水柱時，愛麗絲已經轉身背向湖邊。宛如噴泉一般，但並非噴水，而是噴著火焰的大燭台，就彷彿沒有士兵守護的國王一般飄散著孤獨感。即使是愛麗絲，也沒道理要等對方小組從湖裡爬上岸。

愛麗絲以彷彿畫家描繪出來的完美動作，向前踏步後揮出長劍。從大燭台升起的火焰一口氣被消滅，就在這時分出了勝負。

觀眾席上掀起熱烈的歡呼聲。幾乎是靠愛麗絲一個人達成的完全勝利，是每個觀眾都期盼看到的英雄秀。愛麗絲高舉長劍，讓光芒反射在尖端上宣示勝利，於是歡呼聲更熱烈地響起。

位於庫法右邊的女僕和小姐，也因為英雄的活躍驚訝地睜大了眼。

「呼哇……不愧是愛麗絲小姐呢！」

「嗯……對啊。的確很厲害，不過……」

總覺得不太像愛麗絲的作風——

梅莉達這麼低喃的聲音，被壓倒性的聲援蓋過，沒有傳入任何人耳裡。在無止盡的瘋狂中，庫法將手指貼在下顎，思索起來。

那已經超越現在的梅莉達能應付的等級。即使能將混沌比率提昇到百分之百，也無法破壞愛麗絲絕對性的防禦力吧。如果在直接對決中落敗，委託人會怎麼判斷那種情況呢……

「找到了！梅莉達同學，方便打擾一下嗎？」

就在這時，有人從觀眾席後方跟梅莉達搭話。

轉頭一看，是稚嫩的聖弗立戴斯威德的一年級學生們，四人並列站在一起。帶頭的是這次梅莉達所屬的小組隊長，名叫尤菲的少女。

「抱歉在用餐中打擾了，妳看到剛才的比賽了吧？」

尤菲瞄了一眼湖上舞台，其他三名小組成員也有些心神不寧的樣子。

這也難怪，畢竟包含梅莉達在內的這個小組，會在接下來的第三場比賽中成為愛麗絲的對戰對象。

「我們等下要開對策會議，方便的話，能請梅莉達同學也來參加嗎？」

「咦，我……我也可以參加嗎……？」

梅莉達驚訝地抖動一下肩膀，她驚慌失措地看了看庫法、小組成員們，還有手上的三明治。庫法不禁露出微笑，他向艾咪使了個眼色，於是艾咪笑著點頭回應，關上野餐籃的蓋子。

「我陪您一起去。我們走吧，小姐？」

「說……說得也是。老師，我去去就來！」

梅莉達有些飄飄然地站起身，加入小組成員們的圈子裡。庫法輕輕揮手目送她帶著艾咪一起走向人潮的對面。

就這樣等到看不見她們的背影後，「那麼——」庫法朝相反邊的座位搭話。

「妳怎麼了嗎，蘿賽蒂小姐。看到學生的活躍，妳不替她感到高興？」

「…………」

平常總是吵吵鬧鬧的紅髮女孩，只是一臉嚴肅地凝視著舞台。

愛麗絲依然在湖上的小島向觀眾宣示勝利，她的小組成員在有些距離的地方，看似坐立難安地視線游移不定。

「唉——」蘿賽蒂發出似乎感到難以忍受的嘆息。

「的確是值得誇耀啦，但我糟糕的部分好像也整個傳染給她了呢。」

「糟糕的部分？」

「……就是完全不會團隊行動。」

蘿賽蒂這麼說完後，便陷入沉默。庫法也閉上了嘴，將視線移回舞台上。

結果過不了多久，蘿賽蒂便以彷彿吉娃娃般的氣勢對庫法狂吠。

「我一副就是在煩惱的樣子，你就關心一下嘛！」

「啊，真是的，妳這人真麻煩呢。希望我陪妳商量就直說啊。」

汪汪叫個不停的吉娃娃少女，沒多久以像在鬧彆扭的語調說了起來：

「……老實說，對於這次的工作，我一開始不是很起勁呢。說是這麼說，但我並不是討厭這工作，而是我最近有點陷入低潮的樣子。明明我本身都還有待磨練，甚至有點停滯不前，這樣有那個餘力去指導別人嗎？」

「這麼說來，妳這幾個月的能力值幾乎沒有成長呢。」

「就是說呀——等等，你好像很清楚我的事情呢。」

蘿賽蒂一臉訝異地看向庫法，因此庫法咳了兩聲敷衍過去。

「因為職業關係——然後呢？」

「啊，嗯，然後啊，我也知道自己低潮的原因。那是因為我進入聖都親衛隊，不再是單打獨鬥，而是團隊戰鬥——到目前為止，無論訓練或比賽，我都是單打獨鬥。只要上了戰場，周圍的全部是敵人。總之只要把映入眼簾的對象一個個攻擊打倒就好了。但小組戰鬥並不是這樣。」

庫法一言不發地點點頭。

以前提來說，身為人類天敵的藍坎斯洛普數量眾多，且力量強過人類。因此騎兵團才會以小組或軍團的形式，貫徹集團軍事行動。

蘿賽蒂雖然被拔擢成貴族身分，但她原本出身於下層居住區。那樣的經歷讓別人對她抱持偏見，甚至也無法就讀瑪那能力者的養成學校。

當然也沒有願意與她組成小組的對象，蘿賽蒂只好以僅有一人的小組去登記申請參加騎士訓練生最大的武藝大會，也就是全校統一淘汰賽。然後出乎意料地達成單人優勝這項壯舉。

蘿賽蒂一對多進行激戰的英勇姿態，現在也是社交場合津津樂道的話題。

「在之前的任務參加實戰時……我一個搞錯，不小心攻擊到同伴。雖然沒有造成多大的傷害，但也不是這樣就沒問題了呢。其實這次的工作，也帶有懲處的意義在。」

「原來是這樣嗎？」

「我挨了軍團隊長的罵，他說『我們無法將背後託付給現在的妳，妳從頭學過吧』——可是啊，你不覺得很過分嗎？到目前為止明明沒有人願意跟我組成小組，但一加入騎兵團，又說我沒組過小組，這樣不行。這又不能怪我！」

「親衛隊的人也是無辜的喔。」

「話是這麼說沒錯啦……！」

蘿賽蒂不滿地噘起嘴脣的動作與梅莉達相似，簡直就像個小孩一樣。

「儘管如此，我一開始也是有點期待的……但愛麗絲小姐就如你所見，搞不懂她到底在想什麼，也不知道她對我是怎麼想的。我真的夠格當那孩子的老師嗎？如果她覺得我是個糟糕的老師，該怎麼辦才好……」

「原來如此，無論怎樣的職場，都會有煩惱呢。」

庫法稍微蘊含感情表示同意，於是蘿賽蒂彷彿咬住魚餌的魚一般，轉過頭來。

「……嗳！我們還是好好相處吧！一起分攤辛勞嘛！」

「我拒絕。」

「咦咦咦咦！為什麼！」

庫法無視不滿到極點的蘿賽蒂，始終一臉事不關己的表情。雖然對蘿賽蒂不好意思，但庫法也是認真地以現代最強寶座為目標的人，可沒有餘力跟最有力的競爭對手打情罵俏。

而且仔細一想，站在委託人的立場來看，庫法像這樣與分家的家庭教師長談，就是個不愉快的光景吧……

事到如今，庫法才想到這點，他戰戰兢兢地偷看後方的貴賓席。

然後他蹙起眉頭。

「人不見了……？」

到第一場比賽結束為止時，莫爾德琉卿與菲爾古斯公確實坐過的位置，如今卻不見人影。菲爾古斯公相當忙碌，很可能是只有來觀看梅莉達的第一場比賽，還有稍微露個面就走人了。

不過，莫爾德琉卿呢？神經質地在梅莉達周圍策劃謀略的他，會不管梅莉達剩下的比賽，就打道回府嗎……

剛才與菲爾古斯公對峙時襲向庫法的，關於梅莉達位階的危機感，讓庫法從座位上站起身。庫法感覺到有人從旁緊抓住他的袖子。

「咦……你要上哪兒去？」

是蘿賽蒂。她像在求助似的懇求視線，強烈地訴說著「別丟下我一個人啦」。庫法嘆了口氣，同時自然地將手輕輕放在她的頭上。

「我馬上回來——艾咪小姐也是。」

蘿賽蒂一臉訝異地按著被摸的頭，庫法留下她轉身離開。

那麼，現在需要迅速的行動。庫法消除氣息，避免觀眾對自己留下印象，且宛如豹一般以流暢的動作在競技場內探索起來。他離開觀眾席來到小門，來到擠滿許多女學生的休息室前，從空蕩蕩沒人煙的入場口到退場口——

然後庫法終於在退場口的一隅發現要找的人物。

眼熟的緊身長外衣下擺，在瓦斯燈照不到的陰影處搖晃著。

「……那小姑娘……看……的話……」

「不過……殺……嗎……？」

他似乎和誰在說話。因為聲音很小，加上競技場傳來的歡呼聲，庫法聽得不是很清楚。庫法想要更靠近一點而打算踏出腳步時——他整個人僵住了。

「——」

眼前有某人設下的警戒網。要是再往前踏一步，會被對方察覺到氣息。

——莫爾德琉卿說話的對象是誰？

庫法更加慎重地躲在牆後，摸索對方的氣息。這種技能是武士位階的獨門絕活。庫法宛如伸長根莖一般擴大知覺領域，他小心地避免接觸到對方的警戒網，以彷彿拿線穿針般的纖細，逐漸伸長意識之手，到達莫爾德琉卿宛如枯樹般的背後；就在庫法試圖揭露位於對面陰影處中的存在時——

嘩——結束比賽的女學生們從退場口蜂湧而出。不知不覺間，似乎已經過了比賽時間的十五分鐘。原本空蕩蕩的大廳一口氣喧鬧起來，就快掌握到的神秘人物氣息從指尖溜走，逐漸遠離。

彷彿不給庫法喘氣一般，緊接著有幾名女學生注意到庫法的存在。
「哎呀！這不是梅莉達小姐的老師嗎？」
「真的呢！是庫法大人！……您在做什麼呢？」
看到庫法貼在牆壁上的奇妙姿勢，浮現健康汗水的少女們嘰嘰喳喳地蜂擁而上。庫法身為公爵家的傭人，在聖弗立戴斯威德又是罕見的年輕男性，因此他早已經在一年級學生之間成了名人。
「老師，我也想請您務必指導我一下呢！」
「梅莉達小姐能變得那麼強，果然是多虧老師的指導嗎？」
「先不提這些，老師，請您務必出席我的茶會！」
「各……各位小姐，十分抱歉……」
就在庫法被嚇到有點退縮時，圍住他周遭的十三歲少女們一起笑了出來。
「「「庫法大人，您臉好紅喔！」」」
這……這群早熟的小鬼！
女學生們彷彿想說庫法緊閉嘴脣的模樣很有趣一般，呵呵地相視而笑。就是這樣，成群結隊的女孩子才令人感到難以應付。就連在武藝方面身經百戰的高手庫法，也完全被耍著玩。

庫法有些死心地游移視線……他嘆息一聲，垂下肩膀。

不用說，剛才在密談的莫爾德琉卿與神秘人物，這時已經從那個陰影處忽然消失無蹤了。

† † †

在那之後是二年級學生的第一場比賽與第二場比賽，還有三年級學生的第一場比賽與第二場比賽，然後，梅莉達與愛麗絲的小組會對上的一年級學生第三場比賽終於開幕了。

不過結果——並沒有演變成庫法擔心的局面，比賽本身僅花了數十秒就分出勝負。梅莉達與愛麗絲豈止沒有直接對砍，在比賽中甚至幾乎沒有刀劍對戰的場面。

比賽一開始，這次有確實把梅莉達也算進戰術內的尤菲發出指示，讓各個成員進軍。另一方面，愛麗絲看準敵軍成員分散後，無視我方軍隊的戰術，突然就發動突擊。她毫不在乎任何妨礙與障礙物，不顧一切地直線突破戰場，眨眼間就與梅莉達這方的小組隊長尤菲爆發激烈衝突。

愛麗絲僅揮刀一閃將尤菲打退，然後維持一樣的速度壓制大燭台。觀眾還在因為比賽開始感到興奮不已時，勝負就已經揭曉了。事情實在發生得太快，梅莉達不用說，就連其他七名選手也只能愣愣地在旁觀看。

就這樣，愛麗絲創下本次比賽時間最短的十三秒勝利記錄，又再度掀起包圍整座競技場的宏亮歡呼聲。

愛麗絲・安傑爾

位階：聖騎士

		MP	80		
HP	756	防禦力	76	敏捷力	67
攻擊力	68	防禦支援	0～50%		
攻擊支援	0～25%				
思念壓力	10%				

主要技能／能力

祝福 Lv2／增幅爐 Lv1／抗咒 Lv1／太陽旋風／Re Patrona

綜合評價……【1-B】

【聖騎士】

無論是本身的戰鬥力或對同伴的支援能力，在各方面都以高水準為傲的萬能位階。具備所有位階中唯一的恢復能力「祝福」，因此持續戰鬥的能力可說首屈一指。「祝福」會緩緩恢復失去的 HP 與 MP，對同伴也有效果，因此只要有聖騎士在，小組的綜合力便會大幅提昇。

資質〔攻擊：A　防禦：S　敏捷：A　特殊：—　攻擊支援：B　防禦支援：S〕

LESSON：Ⅳ ～失眠者們～

「……小姐，請您快起床，小姐。」

被人隔著棉被搖晃身體，少女的意識緩緩地從夢鄉中被拉起。

眼皮非常沉重，且頭痛不已。前幾天比賽時的疲勞還強烈地殘留著，身體彷彿被綁滿鉛塊一樣沉重。那時被毆打的痕跡仍然隱隱作痛。

少女勉強抬起頭，看向牆上的掛鐘，只見時針指著五點。以一般人們的活動時間帶來說還太早，甚至連路燈都依然安靜地沉睡著吧。

明明如此，站在床邊的某人，卻用力地搖醒少女。

「小姐！您不能一直睡個不停喔，請您快起床！」

「……是。」

少女不情不願地抬起上半身。棉被立刻被剝掉，接著伸過來的粗糙手臂解開少女睡衣的扣子，俐落地替少女換好衣服。

將白髮束成髮髻，眼神彷彿烏鴉一般神經質的婦女，是女僕長奧賽蘿女士。她是在少女進入聖弗立戴斯威德就讀的同時，從老家被派來負責照顧少女的老練傭人。

就在少女因為睡意而發著呆時，眨眼間服裝儀容已經被整理完畢。奧賽蘿女士最後輕輕地拍打少女臉頰激勵著她，然後以讓人感覺不到年邁的整齊腳步走向房門。

「因為老師也還在休息，我立刻去叫醒她。得請老師替小姐上晨課，跟其他孩子拉開更大的差距。一分一秒也不能浪費喲！」

奧賽蘿女士將手放到門把上，語調犀利地喊道：

「您的回答呢，愛麗絲小姐？」

「……是的，我會加油。」

「很好！老爺他們一定也會很高興吧。」

砰！奧賽蘿女士大聲地關上門離開，那急躁遠離的腳步聲與早晨慵懶的氣氛十分不搭配。

雖然她原本就是個嚴格的人，但最近幾乎像是監視員了。她會這麼積極的理由也很明顯，八成是在前幾天的期末公開賽中，看到愛麗絲的堂姊妹……梅莉達．安傑爾有出乎意料的活躍，對她造成了影響吧。

燈光被縮減的市區，當然空氣也很冰冷。被強制換上單薄運動服的愛麗絲，在床邊抱住自己纖細的肩膀。

LESSON: IV ~失眠者們~

「……好冷。」

她吐出的氣息雪白地融化，沒有傳遞到任何地方。

† † †

愛麗絲居住的宅邸建造在卡帝納爾茲學教區中最時髦的高級住宅區。愛麗絲在宅邸地下的修練堂進行早上的訓練，接著洗澡確實清洗掉髒汗後，才總算到了能喘口氣的早餐時間。

話雖如此，但眾多女僕們在餐廳兩端列隊，只有兩個人坐在過於寬廣的長桌前用餐。姑且不論從小就已經習慣這樣的愛麗絲，據說是平民出身的家庭教師蘿賽蒂，總是一臉坐立難安的樣子。

蘿賽蒂在愛麗絲對面的座位「呼啊……」地打了個大呵欠，就立刻遭到奧賽蘿女士斥責。

「老師！您那不像樣的動作是怎麼回事！」

「嗚啊！對……對不起！但我太想睡……」

「老師這副德性是要怎麼辦呢！您應該有充分的睡眠時間才對。如果老師不親自示範個榜樣給小姐看，我會很傷腦筋的！」
蘿賽蒂一邊將玻璃杯湊近嘴遮住臉，同時戰戰兢兢地反駁：
「……那個，奧賽蘿女士。我之前也說過，並不是一味增加練習時間就好。尤其是愛麗絲小姐正值成長期，要是讓她太過勉強自己，可能會因此搞壞身體，演變成無法挽回的……」
「哎呀！老師沒有絲毫幹勁嗎？」
奧賽蘿女士以連餐具都抖動起來的尖銳聲音大喊：
「正因為是成長期，身體才會愈練愈強。不對嗎？努力絕對不會背叛人，痛苦、辛苦才是成功的糧食！我十分清楚這點。妳看，證據就是……小姐在前幾天的公開賽中，不是表現得很出色嗎！」
奧賽蘿女士以宛如蛇一般滑溜的動作，撫摸愛麗絲的肩膀。
「吶，小姐，我向老爺他們報告比賽結果後，他們也非常高興喔。本家的菲爾古斯大人八成也因為愛麗絲小姐英勇的姿態而大吃了一驚吧！哦呵呵！」
「……是的，我很開心。」
「但是，您也知道有些地方應該要反省吧。您在第三場比賽時，為什麼那麼急著分出勝負呢？您應該將敵方小組的人一個個解決掉，讓最後留下來的梅莉達小姐在觀眾面前屈膝於您……如此一來，無論誰都能明顯看出哪一位才適合擔任安傑爾家的正統繼承人吧！」

「…………」

蘿賽蒂代替寡言的愛麗絲戰戰兢兢地舉起手。

「那個，我覺得那種行為也克制一點比較好耶～……」

「那種行為是指？」

「比……比賽那天我也說過了不是嗎？讓她在舞台上向觀眾席宣示勝利那種行為，還有明明能普通地獲勝，卻故意解決掉所有人來誇耀力量那種行為……從她同學的角度來看，應該會覺得不太舒服吧……」

「我難以理解您說的意思呢。」

奧賽蘿女士高傲地「哼」了一聲。

「小姐擁有能夠誇耀的力量與立場，這麼做是理所當然的吧。因為小姐比其他孩子優秀這點是事實，讓別人認知到這點有什麼問題嗎？現場也有眾多騎兵團的人在觀戰喲，怎麼可以不積極地向他們推銷自己呢！」

「奧……奧賽蘿女士可能覺得很驕傲啦，但愛麗絲小姐在學校也有她的立場……」

「在學校的立場！愛麗絲小姐有比那更重要的事情！」

劈哩啪啦！這是奧賽蘿女士第幾次發出怒吼了呢？

對於愛麗絲誕生的安傑爾家分家來說，本家千金梅莉達的狀況不好，反倒是個福音。只要盡量貶低無法讓瑪那覺醒的梅莉達，另一方面讓愛麗絲以聖騎士身分華麗地成長，也有可能逆轉兩家的勢力關係……這是以奧賽蘿女士為首的革新派的主張。

正因如此，在前幾天的公開賽中，她們遭受到莫大的衝擊。那個被稱為無能才女的梅莉達突然顯現出瑪那，而且憑著難以想像是一年級學生能辦到的戰鬥方式，壓制等級比她高的敵人。她吸引了數千名觀眾的目光，引導自己小組獲得勝利。

那光景似乎讓奧賽蘿女士覺得很不快，她在比賽前驚慌地飛奔過來，命令愛麗絲演出一場比梅莉達更讓人印象深刻的比賽，抹消掉觀眾對梅莉達的印象。她要愛麗絲藉由在比賽前後的宣示行為，還有將敵人成員全部擊敗的英雄式行動，蓋過梅莉達的活躍。

被奧賽蘿這麼強制命令，愛麗絲也只能乖乖照辦。宅邸的女僕們似乎也對奧賽蘿女士的獨裁感到拘束。儘管對於以尖銳聲音指示工作還有反覆說教的奧賽蘿女士感到畏懼，也沒有人敢說一句話。因為她嚴格禁止竊竊私語。

女僕們宛如擺飾一般佇立著，在女僕們的從旁守護下，蘿賽蒂從餐桌對面向愛麗絲投以笑容。她的表情十分僵硬，可以明顯看出笑容是硬擠出來的。

「今……今天的早餐特別好吃呢！」

LESSON IV
～失眠者們～

「咦……」

愛麗絲只能回以傻眼的聲音。老實說，無論是香腸、雞蛋或法式鹹派，愛麗絲都搞不懂跟平常的早餐有哪裡不同。

不知是否因為愛麗絲的反應不佳，蘿賽蒂接著拿起司康。

「呃，這個蜂蜜草莓果醬也棒呆了！」

「……老師，那個果醬是酸櫻桃口味，草莓醬在這邊。」

愛麗絲平淡地訂正，並拿起放在手邊的橘色瓶子。因為糖漿融入了果肉裡，所以經常被弄錯。「啊嗚……」對於家庭教師沮喪地垂下肩膀的身影，愛麗絲只能面無表情地回以沉默。

從公開賽結束後那天起，蘿賽蒂屢次會像這樣行動。

向什麼挑戰然後玉碎，那種焦躁甚至傳染到這邊。

莫非是因為愛麗絲總是一臉無聊的表情，她才想幫忙緩和氣氛嗎？或是已經超越無聊的限度，她是在尋求可以說話的對象，無論是誰都行呢？

也可能是她現在很後悔成為愛麗絲的家庭教師。

「奧賽蘿女士，聖弗立戴斯威德寄來了衣服。」

「哎呀，是祭典的衣服呢。」

用完早餐時，一名女僕將包裹送了過來。總是維持面無表情的愛麗絲，在聽到這句話的瞬間稍微睜大了眼。

正在飲用餐後茶的蘿賽蒂，挺身探向桌上問道：

「祭典的衣服是指什麼？」

「是在頭環之夜使用的使者衣服。來自學院的參加者會穿上那套衣服。」

「——哎呀！這塊窮酸的碎布是怎麼回事！」

打開包裹的奧賽蘿女士發出歇斯底里的叫聲。

學院寄來的衣服是裙襬柔軟蓬鬆的純白洋裝以及宛如玻璃工藝品般纖細的頭冠。相對於長裙，上半身裸露的部分較多，但由聖弗立戴斯威德的少女們穿上的話，想必會表現出彷彿森林妖精般可愛的形象吧。

不過仔細一看，四處可見經年累月造成的劣化痕跡。奧賽蘿女士似乎很不滿這點，她瞥了衣服一眼後立刻塞回包裹，

「怎麼能讓愛麗絲小姐穿這種東西呢?在祭典到來前準備新衣服吧，幫我調幾匹布，還有叫裁縫師來。」

「咦？」

愛麗絲忍不住發出聲音。奧賽蘿女士的瞳眸亮起銳利的光芒。

「怎麼了嗎？小姐。」

「……沒事。」

蘿賽蒂代替低頭看向地上的愛麗絲，含蓄地表達意見。

「那個～若是只有一個人穿著其他裝扮去的話，我想應該就不只是招人白眼的問題了……」

「有什麼關係呢？這樣能簡單易懂地表現出小姐與眾不同呀。就有如帶領著屬下的妖精女王！哦呵呵，真是太棒了！」

奧賽蘿女士看似愉快地笑道，然後將衣服的包裹推回給女僕。

「幫我隨便找個理由退回給學院。」

「……是的，奧賽蘿女士。」

女僕一臉複雜地點了點頭，拿著包裹離開房間。

愛麗絲一直凝視餐桌，聽著門扉緊緊關上的聲響。

「……對不起，莉塔。」

她這麼低喃的話語，果然還是沒有任何人聽見。

† † †

「唔喔喔喔～！要碰到愛麗——！」

「就是這股氣勢，小姐！再來一次！」

已經成了慣例的瑪那衝撞聲，在梅莉達宅邸的廣場中迴盪著。

在結業典禮結束，進入長假期間後的今天，更能專心致力於和家庭教師庫法進行訓練了，梅莉達揮舞的木刀格外充滿幹勁。

理由當然是放假前舉辦的公開賽。在第三場比賽中，突顯出梅莉達與堂姊妹愛麗絲·安傑爾之間有著壓倒性實力差距這點。雖說以涅爾娃為對手達成了盼望已久的初次勝利，向前踏出了一大步，但梅莉達的心境怎樣也無法鬆懈下來。

在休假中的訓練菜單，由庫法幫忙訂立了完美的計畫。等假期結束，學院重新開始上課時，要讓大家見識又更上一層樓的自己。在愛麗絲前進三步的期間，梅莉達要前進四五步，慢慢地縮短兩人的差距！

她也更熱衷於和庫法的對戰練習。

比梅莉達高兩個頭，完美萬能的家庭教師，戰鬥方式還是一樣從容不迫。話雖如此，即使是像梅莉達這樣的初級者，能力者之間的戰鬥仍舊快如電光石火。
在幾次刀劍交鋒後，啪啪啪地亮起斷斷續續的閃光。隨後庫法將刀高舉到頭上。梅莉達驚訝地有所反應後，跳向斜前方。庫法幾乎同時使出的掃堂腿銳利地劃過空氣。
「哦！」
庫法嘴裡發出像是佩服，又彷彿驚訝的聲音。
梅莉達立刻揮刀反擊，但這招被庫法輕易接住。雙方刀劍相擊，就這樣靜止下來；不過庫法看似有些高興地嘴角露出笑意。
「真虧妳能注意到剛才的佯攻呢，小姐。」
「嘿嘿！感覺老師舉起刀時，瑪那好像稍微流向下半身，我才想會不會是那麼一回事！」
「哦……那就以這種狀況，再來一次！」
兩人彼此將刀彈開，拉開距離後重新開始。
兩人再度對砍數招，庫法用力拉緊木刀，不過他的瑪那意識著其他場所。看穿佯攻的梅莉達立刻往上跳起。
不過，無論經過多久，庫法都沒有使出掃堂腿。
奇怪？梅莉達抬頭一看，只見庫法依然在原地高舉著木刀……

砰！梅莉達毫無防備的頭頂挨了一擊。

梅莉達眼冒金星，忍不住弄掉了木刀。她蹲下來忍耐疼痛。

「……老……老師好狡猾～！」

「這是佯攻的佯攻。妳的修行還不夠呢。」

縱然梅莉達淚眼汪汪地抗議，殘暴的家庭教師還是一樣若無其事地回應。

† † †

「鏘鏘鏘～！老師，請看這個！」

在指導課的空檔休息中，廣場一隅擺放了一張茶桌，庫法坐在桌前喝著茶，梅莉達則炫耀著某樣東西讓他看。

是剛才從學院那邊寄來，柔軟篷鬆的純白洋裝。

「咦，這是要送我的禮物嗎？雖然很高興，但女用的洋裝有點……」

「討厭，不是啦！這是頭環之夜的衣服！」

對於故意裝傻的家庭教師，梅莉達不滿地鼓起臉頰。

所謂的頭環之夜，是初夏時在全坎貝爾舉辦的祭典。這一天不光是貴族和平民，就

LESSON IV ~失眠者們~

連下層勞工階級也會聚集到街上，高舉太陽之血的篝火，並朝高空施放煙火。人們會裝扮成騎士、天使或是怪物，在街上列隊緩慢前行，將仿造成藍坎斯洛普的玩偶聚集在一處，點燃盛大的營火。

梅莉達向庫法訴說那是一場祈禱都市和平的祭典，於是庫法拿著茶杯點了點頭。

「嗯，我當然知道嘍。每年到了這個時期，就會有嘈雜的火球砰砰響。我在揮汗工作時，一堆情侶在旁邊打情罵俏卿卿我我。那種讓人興奮忘我的祭典，會深深擾亂我的心靈。」

「老……老師，你想起了什麼回憶嗎？」

「請別放在心上。」

庫法這麼說道，優雅地傾斜茶杯。

不知庫法是在怎樣的環境成長，他不太談自己的事情，一副想說「世上的活動跟我無緣」的態度。

「那麼小姐，那個頭環之夜的衣服是什麼呢？」

「啊，是的。你知道祭典有遊行嗎？遊行隊伍會拉著藍坎斯洛普的巨大玩偶遊街，最後投入廣場的篝火中。遊行隊伍裡有幾個位置，是交給聖弗立戴斯威德的學生負責的。」

這項榮譽的職責當然有人數限制。會選拔出各學年該年成績優秀的學生。實不相瞞，在期末進行的公開賽，也是為了審查能參加這場遊行的成員。

然後光榮的是，在比賽中活躍到讓許多觀眾大吃一驚的梅莉達，也獲得了一個位置。

「請仔細觀察衣服，老師。雖然有修補過，但還是變得有點老舊對吧？」

「真的呢，看來穿過很多次。」

「這是從學院創建當時就一直流傳下來的衣服。能夠參加遊行是很榮譽的事，而且是以學院代表的身分站在那裡。穿上這套衣服出席頭環之夜，是每個就讀學院的人都嚮往的事情。」

「原來如此，也就是裡面灌注了歷代勇士的靈魂是嗎？」

庫法從梅莉達手上接過衣服，輕輕撫摸表面。他抓住可以微微看見修補痕跡的裙襬邊緣，彷彿感到炫目似的瞇細單眼。

「……其實呀，我就讀幼年學校時，跟愛麗約定過。」

梅莉達低喃的話語讓庫法感到疑惑。

「約定是嗎？這麼說來，小姐在比賽前也說過那樣的話呢。」

「對。以前我跟她一起觀賞頭環之夜的遊行時，看到聖弗立戴斯威德的學姊們打扮得彷彿妖精一樣美麗，且在隊伍中揮手時……『要是我們有一天也能穿上那套衣服就好了呢！』『我們一起參加遊行吧！』——我們這麼約定了。」

梅莉達彷彿胸口被揪緊一般，用力握住手心。

「……之後我成了無能的廢物，我一直以為已經沒辦法遵守約定了。我本來已經死心，覺得自己只能從外面觀賞愛麗參加遊行的樣子。但此刻那套衣服就像這樣在我手上，而且是屬於我的……好像作夢一樣。」

梅莉達稍微帶著哭聲，最後補充了一句「都是託老師的福」。

庫法打從心底以微笑祝福她。

「能夠遵守約定，真是太好了呢。」

「是的！」

梅莉達活力充沛地回答後，忽然臉蛋發燙地低下頭。

「那個，老師……老師可能不是很喜歡祭典，不過……」

「咦，沒那回事。怎麼了嗎？」

「不，那個……如……如果老師方便的話，營火晚會時請跟我一起跳舞，我會很高興的……！」

「啊……」

庫法不禁發出有些尷尬的聲音，梅莉達的身體瞬間僵硬起來。

「……十分抱歉，小姐。我已經先跟艾咪小姐說過，其實我等下會因為以前的任務要處理，必須回聖王區一趟才行。」

「這……這樣子啊……」

「但是，祭典會持續三天對吧？我明天就能回來，所以到時請務必與我跳舞好嗎？——當然，前提是到時小姐的手沒有被其他男士牽走的話。」

庫法開玩笑似的這麼說道，於是梅莉達轉而綻放充滿魅力的笑容。

「呵呵，我的手會一直為了老師空下來！」

「哎呀，那還真是榮幸。」

庫法也回以微笑，於是不知何故，與庫法四目交接的少女，臉頰忽然像要融化似的漲紅。庫法的學生真的總是會展現出多彩多姿的表情。

才這麼心想，梅莉達這次忽然像是想到什麼似的將身體探向前方。

「那個，老師。可以再給我一點休息時間嗎？」

「怎麼了嗎？」

「我現在立刻去換衣服！我想讓老師第一個看這套衣服！」

梅莉達從庫法手上接過頭環之夜的衣服後，便啪噠啪噠地飛奔回宅邸。「請等我一下喔——！」她留下這樣的聲音，消失到門扉對面。她一定是在呼喚艾咪，急忙地換完衣服後會再登場吧。

庫法無奈地露出苦笑，將茶杯放回杯盤上。

然後他從桌子底下拿出了某樣物品。是相機。

「畢竟是小姐說希望我看的嘛。」

庫法用宅邸的女僕們不斷稱為「殘暴」的笑容，嘰嘰地擦拭起鏡頭。

之後，庫法與對小姐的盛裝打扮興奮不已的艾咪共謀，儘管梅莉達因為洋裝有點性感的設計而感到害羞，兩人仍毫不介意地狂按快門，從三百六十度全方位加上高低差，盡情拍了個夠——這件事自是不在話下。

† † †

時間過了十七點，頭環之夜終於要準備開幕了。

梅莉達目送庫法前往車站，請女僕們幫忙換上傳統洋裝後，前往通告中所說的學院學生集合場所。

卡帝納爾茲學教區的街道上，布滿許多穿梭在建築物縫隙間的小徑。小徑的集合地點大多有水路積聚的廣場，同時是附近居民常去的交流處。

聖弗立戴斯威德的學生們碰頭的集合場所，就是那樣的廣場之一，是距離查爾斯大道挺近的空地；查爾斯大道正是舉辦遊行的地方。梅莉達在集合時間的三十分鐘前來到廣場時，幾乎所有遊行參加者都已經聚集起來了。大家都穿著一樣的純白洋裝，對自己大膽且神祕的姿態感到雀躍不已的模樣。

大馬路上已經是人山人海，一想到再過不久，就會以學院代表的身分在那麼多觀眾前遊行，心跳就愈來愈快速。

「梅莉達同學，在這邊！」

同班的小團體對梅莉達招手。跟無法使用瑪那的從前不同，梅莉達已經位於和她們同等的立場。梅莉達毫不畏縮地加入她們的圈子裡。

期待與一丁點不安讓臉頰泛紅，梅莉達和同班同學閒聊一會兒等候遊行開始。剩餘的遊行參加者也陸續集合。「哇啊！」沒多久傳出格外響亮的歡呼聲。

梅莉達將視線望向那邊，想知道發生什麼事；只見廣場一隅有一群白色妖精聚集起來。她們圍住站在中心的妖精女王，興奮地讚美著她。

LESSON: Ⅳ ～失眠者們～

「哎呀哎呀，多麼華麗耀眼的衣服啊！」

「愛麗絲小姐！那套衣服是怎麼回事呢？」

「……是家裡的人準備的。」

在人潮對面看見堂姊妹的身影，梅莉達不禁發出「咦……」的聲音。

愛麗絲沒有穿聖弗立戴斯威德的傳統洋裝來。雖然設計幾乎一樣，但一眼就能看出材質的高級感。根據光線照射的程度，看起來會像是緋紅色的火焰鳥羽毛紡織品，還有鑲在頭冠上的是火精靈的發火石。

配上愛麗絲本身超脫世俗的氛圍，穿著一樣服裝的其他學生眨眼間就成了陪襯的角色。雖然也有學生彷彿崇拜舞台主角一般聚集在她周圍，但也有許多女孩非常不悅地與她保持距離。

站在梅莉達附近的二年級學姊們，以冷淡的眼神瞪著愛麗絲那邊。

「……那個妳怎麼看？」

「讓人不順眼呢。」

哼——學姊打從心底感到輕蔑似的唾棄著。

「這表示她不想和我們做一樣的打扮吧。我不知道她是騎士公爵家還什麼的，但她只把別人當配角吧。這套衣服明明是從前輩那邊繼承下來的重要物品，她卻連這點也毫不在乎……真不敢相信。」

四處有同樣的視線看向愛麗絲。

倘若沒有學姊學妹這種立場，梅莉達好想替愛麗絲辯解說：「不是這樣的！」愛麗絲不會說那種任性妄為的話。她從以前就一直很期待穿上這套衣服，一定是有什麼她無論如何也不能穿來的理由……

就在這時，愛麗絲忽然脫離學生們的圈圈。

「哎呀，愛麗絲小姐要上哪兒去？」

「……頭冠有點痛，我去重戴一下。」

愛麗絲簡短地留下這句話後，便進入一條小巷中。學姊們目送她離開的視線果然還是很嚴厲。

「真希望她就這樣一去不回。」

「……嗚！」

梅莉達實在坐立不安，她飛奔而出追趕上去。

「梅莉達同學，差不多要上場嘍！」

「咦？呃，我立刻回來──！」

梅莉達向同班同學們這麼說道後，飛奔到愛麗絲走進的小巷裡。

LESSON IV ~失眠者們~

街上的居民幾乎都外出了，也沒有觀光客會特地跑到這種沒人煙的小巷。祭典的喧囂聲在遠方，周圍彷彿被遺留下來般地安靜。

所以梅莉達立刻就找到了愛麗絲。因為她聽見了聲音。

「……嗚……呼……嗚……！嗚嗚…………！」

是哭泣聲。梅莉達猛然一驚，不禁消除了腳步聲。

比剛才的集合場所更裡面的小巷。那裡也有座小廣場，廣場上種植著一棵樹。愛麗絲坐在會噴水的雕像前。

淚珠不斷從她掩面的雙手縫隙間落下。

「我好想穿……我明明很想穿……我不要只有自己這樣……！我也好想穿的……我好想穿喔……！」

「……！」

梅莉達從陰影處注視著愛麗絲，胸口感覺被緊揪起來。

自從梅莉達推開愛麗絲，與她保持距離後，梅莉達不曾見過愛麗絲像那樣哭泣的模樣。在學院偶爾碰面時，愛麗絲總是一臉超然的面無表情，不曉得她在想什麼……梅莉達也沒有試圖去了解愛麗絲在想什麼。

愛麗絲像那樣哭泣的模樣，就跟以前沒兩樣。愛麗絲雖然很受大家歡迎，梅莉達卻沒看過她跟特定的誰很要好的場面。該不會自從跟梅莉達疏遠後，她就一直躲在沒人看見的地方，像那樣哭泣吧……

梅莉達無意識地踏出腳步，衣服的裝飾發出沙沙聲響。

那氣息讓愛麗絲也驚訝地抬起頭。

哭腫的蒼藍瞳眸映照出梅莉達的身影，又溢出一粒大顆的淚珠。

「……莉……塔？」

「愛……愛麗……那個……」

梅莉達試圖更靠近她一步，就在那之前——

咚——有人從後面追撞上來，像是被隊伍推擠一樣。

「噯，可以再過去點嗎？」

「啊，對不——」

梅莉達立刻開口道歉，但她大吃一驚。

不是因為站在後面的男人全身穿著怪物裝扮的奇妙容貌。

而是同樣有扮裝的幾個人同時從小巷中的四處冒出，堵住了出口。

「咦？什……什麼……搞什麼啦！」

梅莉達還沒搞懂狀況，就與愛麗絲一同被逼到廣場中央。扮裝的他們包圍住梅莉達與愛麗絲，不讓兩人逃跑。無論怎麼想都不尋常。

「搞……搞什麼啦！你們是怎麼回事啊！」

梅莉達不認輸地大喊出聲，於是剛才撞向梅莉達的男人將手放到蓋住臉的帽子上。

「怎麼回事……看起來像白馬王子嗎？」

男人掀開帽子，梅莉達與站在她背後的愛麗絲不禁語塞了。

輪廓的確是青年，但要說是人類實在太過異形。他全身皮膚宛如荒野一般龜裂，到臉的下半部都用繃帶包了好幾層保護。

簡直就像如果不那麼做，內側腐敗的肉塊隨時會崩落一般——

梅莉達直覺地領悟到對方的真面目，她的腳無意識地往後退兩三步。

「藍坎斯洛——！」

就在梅莉達吶喊前，繃帶男的手迅速高舉到她眼前。

明明只是這樣，梅莉達卻被急速產生的睡意所囚禁。雙腳開始站不穩，她立刻倒落地面。別說發出聲音了，連要動一根手指都很困難。

「莉塔！莉塔……！」

梅莉達最後聽見的是堂姊妹悲痛的聲音，接著便失去了意識。

† † †

自己和愛麗絲究竟發生了什麼事？那之後經過了多久呢——

被黑暗囚禁的意識總算是恢復了。腦袋像是蒙了一層霧，還茫茫然的，眼皮沉重不已。被封閉的五感一次甦醒過來，梅莉達全身顫抖了一下。周圍充斥著刺骨的冷空氣。

「什麼，這裡是……？」

倒在冰冷地板上的梅莉達，緩緩抬起上半身。

磨亮得宛如鏡子般的地板石，簡直就像哪裡的大廳。些微聲響也會大聲迴盪。地板上似乎四處堆積著底座和藝術品等大大小小的物體，但周圍暗得看不清楚。沒有一絲燈光，就連幾公尺前方也曖昧不明。

梅莉達俯視自己的身體，她依然穿著頭環之夜的傳統洋裝，絲毫沒有遭到危害的樣子，也沒有被綑綁。

不過右手腕有種異樣感。她的右手腕被繃帶包著，那繃帶的圖樣梅莉達從不曾見過。梅莉達立刻試圖用指甲扯開，但繃帶莫名地緊黏在肌膚上，扯也扯不掉。

「這……這什麼呀……？」

「啊，妳醒啦。」

男人的聲音傳來。梅莉達定睛一看，發現前方有好幾個人動來動去的氣息。整個身體都包著繃帶的青年，坐在像瓦礫的東西上面向這邊。

「你是剛才的……！」

失去意識前的光景鮮明地復甦過來。梅莉達情急之下試圖解放瑪那——但發現使不出來。

無論梅莉達怎麼灌注思念，瑪那都沒有燃燒起來。

「咦？為什麼……！」

「如果妳想使用瑪那，只是白費力氣喔。」

繃帶男將食指比向梅莉達，他指著梅莉達被奇妙的布條包起來的右手腕。

「我的繃帶會將能力者的調整傾向低迷那邊。簡單來說，就是具備封印瑪那的異能。雖然對高手很難起作用，但對付你們倒是綽綽有餘。」

就在這時，一個人影飛奔到繃帶男身邊。是個身穿詭異黑衣的男人。

「金大人，請再給我們一點準備的時間……」

「動作快。我連一秒也不想待在這種有太陽之血味的地方——還有，我不是常說稱呼我名字的時候，別忘了加『親愛之人（威廉）』嗎？」

「是……是的！威廉．金！」

黑衣男感到畏懼似的回答，然後回去繼續作業。黑衣男大概是人類，不過被稱為「金」的繃帶男，肯定是藍坎斯洛普，像是這種繃帶的異能也非人類會有的。原本應該水火不容的兩個種族會共同行動這種事情，梅莉達至今不曾聽過。

即使明知八成不是那麼回事，梅莉達仍開口詢問繃帶男：

「你們的目的是什麼！綁票？如果要贖金我會付錢，快點跟我家裡聯絡！」

「嗯，真遺憾，雖然是綁票沒錯，但我們的目的不是錢。」

「……你是藍坎斯洛普吧！為什麼會跑進來弗蘭德爾裡面！你怎麼會跟人類一起行動啊！簡直莫名其妙！」

「有點不對呢，我是人類喔……雖然一半是藍坎斯洛普。」

青年的說法有點謎，他從繃帶縫隙間「呼」地嘆了口氣。

「為了得到對抗瑪那能力者的力量，被『組織』植入夜之因子，以人工方式轉生成藍坎斯洛普的存在……這就是我。威廉是我還是人類時的名字，請妳帶著親愛之情，稱呼我『威廉．金』吧。」

梅莉達的頭腦要理解他說的一半內容，就分身乏術了。

「人……人工方式……？你……你們到底是什麼呀……！」

「我們的組織自稱是『黎明戲兵團』，妳聽過嗎？」

梅莉達覺得連搖頭回應也很不愉快，於是保持沉默。至少是教本上沒看過的名字。

「……嗯，不知道比較好喔。總之妳就當成是個邪惡的組織吧。」

「那……那個邪惡組織為什麼要綁票我！」

「我說妳啊，明明出身安傑爾騎士公爵家，卻不是聖騎士對吧。」

突然被切中核心，梅莉達的心臟怦通跳了一下。她立刻想起敬愛的家庭教師勸告她「這件事別說出去比較好」。

「你……你在說什麼……」

「妳在之前的比賽中很引人注目地使用了力量對吧。我也看了那場比賽，我們的委託人似乎也注意到妳的位階。那個人好像很不爽妳並非聖騎士，才會像這樣甚至找上邪惡組織。」

「那傢伙是誰呀！」

「不，我怎麼可能告訴妳呢？我會說的只有能告訴妳的事情。」

繃帶男這麼說道，彈響了一下手指。

幾個影子從暗處走了出來。與不快的回憶一同烙印在梅莉達腦海中的輪廓……是兩隻最下級的藍坎斯洛普，南瓜頭。

牠們抓住宛如妖精一般美麗的銀髮少女雙手，將她拖拉過來。

「愛麗！」

梅莉達不禁想飛奔過去，但立刻被繃帶男伸手制止。

愛麗絲也精疲力盡地閉上眼皮，似乎陷入深沉的睡眠狀態中。她依然穿著剛才看見的那套充滿高級感的嘉年華洋裝。雖然跟梅莉達同樣沒有被弄傷的樣子，但右手腕果然也包著封印瑪那的繃帶。

南瓜頭們隨便地將愛麗絲扔到地板上，繃帶男同時說道：

「梅莉達・安傑爾，我等下要將妳的位階強制變異成聖騎士。」

「什……什麼！」

「那就是委託人的期望。畢竟這種知識是我們黎明戲兵團的專業領域嘛。但就算這樣，成功率還是只有零點五成……這樣算的話，十次有九次以上會死掉，不過委託人說如果妳不是聖騎士，倒不如死掉還比較好。」

繃帶男舉起手臂，指向梅莉達後方。

梅莉達戰戰兢兢地轉頭一看，震驚不已。因為那裡堆積著白骨。

「呀啊！」

梅莉達忍不住發出的哀號響徹周圍。

……不過仔細一看，那骨頭並非值得害怕的東西。這個聲響會迴盪的冰冷空間也是，雖然對這裡不熟，卻是經常看見的空間。

就是博物館或美術館的大廳。在梅莉達背後組裝起來的骨頭，是以絕妙的平衡重現出某種巨大動物的骨骼。可以看見好幾根支撐架。

然後繃帶男態度高傲地坐著的東西，是橫著放的偉人雕像。

「卡帝納爾茲學教區的聖摩甘納紀念博物館——聽說這裡展覽著許多過去天空充滿蔚藍光芒的時代，人類統治的土地比現在要更加廣大時的資料。妳們改天可能也會跟同學一起來參觀吧。我是不知道啦。」

「為……為什麼要帶我們到這種地方……」

「天曉得，我不知道上面是怎麼談成交易的。但是委託人要求『在這個坎貝爾動手術』，所以我也沒辦法……現在的我只是服從命令而已。」

繃帶男打從心底感到麻煩似的拉起衣領。同時也是藍坎斯洛普的他，一定是害怕充斥高層市區的太陽之血氣息。

「雖然頭環之夜讓人很不爽，卻是個適合像我們這樣的存在混進來的舞台。而且也沒有煩人的監視者，妳們又剛好離群，讓我們很順利地就擄走妳們了呢。」

「監視者……是說老師們吧……」

「沒錯。現在祭典正熱鬧，大眾的注意力都在外邊，而且騎兵團那些傢伙已經封鎖這一帶，所以妳別想要呼救什麼的，自找麻煩喔。因為委託人高明地用了些手段，改變了警備的配置。」

「改變了騎兵團的配置……？」

梅莉達不禁懷疑起自己的耳朵。能在這種聖王區統治下的地方任意駕馭騎兵團的人，環顧整個弗蘭德爾也是屈指可數。除非是身為最高意志決定機構的評議會等級的人物，否則是不可能的。應該是各部隊（軍團）的隊長，或是公爵家的人嗎……——

「父親大人……？」

梅莉達用力搖頭否定她不禁低喃出來的可能性。

繃帶男無視梅莉達的苦惱，他注視著腳邊，以灰暗的聲音低喃：

「……不過，我個人也跟你的老師有仇啦。把妳交出去時應該有時間碰面吧。雖然不知道妳到時是否還活著。」

「咦……？」

「話說我得被那種老糊塗使喚，追根究柢來說，也要怪那傢伙害我的任務失敗啊。從艾爾斯涅斯卿那邊也沒獲得什麼有用的情報，才一晚就連部下也沒了，這笑話真是太棒啦……！」

LESSON: IV ～失眠者們～

梅莉達已經不曉得他在說什麼了。

繃帶男似乎也在對不在這裡的某人發牢騷。他抓住底下坐著的雕像頭，一句又一句，深深地灌注著怨恨。

「不過算啦，畢竟已經確定會重逢。下次見面時……我要將他全身插成刺蝟，讓他後悔竟敢踹我這個超越了人類的存在！」

雕像一口氣龜裂，他光用指尖的力量，就粉碎了石膏像的頭部。

碎屑飛到洋裝裙襬上，梅莉達纖細的腳微微顫抖了一下。

事已至此，梅莉達才總算開始體會到情況有多嚴重。

無法向老師求助，也不能期待騎兵團來救援。就算想靠自己的力量逃離，就彷彿在說不給任何機會似的，連梅莉達的瑪那也被封印住了。

敵人豈止是會操縱異能（阿尼瑪）的繃帶男，周圍還有一群在準備恐怖實驗的黑衣男……人數大概十人左右。而且其中還混著藍坎斯洛普。

前所未有的困境，究竟該從哪裡找出生路呢——

「唔……嗯嗯……」

就在這時，傳出了並非梅莉達的少女聲音。

在南瓜頭的腳邊，愛麗絲發出呻吟，同時正要睜開眼睛。

「愛麗！」

「妳總算起來啦。溫室長大的真缺乏危機意識呢。」

看到徹底大意的繃帶男，梅莉達確信這是唯一的機會。

愛麗絲無論基礎能力或瑪那總量，都遠比梅莉達高上許多。就連家庭教師庫法也給她「不是新生會有的等級」這樣的評語。如果是繃帶男他們徹底大意的現在，說不定有機可乘。

繃帶男曾說他「封印瑪那」的異能（阿尼瑪），效果對高手較為薄弱。他們還沒察覺到愛麗絲實力的現在，是絕佳的好機會！

——拜託妳了，愛麗！

梅莉達將一絲期望託付在愛麗絲身上，守候著她的清醒。

「唔……嗯……？」

愛麗絲揉著眼睛，抬起上半身。

她一如往常睜開茫然的雙眼，依序眺望位於正面的梅莉達，周圍一片漆黑的空間，還有在裡面持續神祕作業的大人們。

她宛如藍寶石般的瞳眸慢慢睜大。

「早安，愛麗絲．安傑爾。妳還記得昏過去前的事情嗎？」

LESSON: Ⅳ ～失眠者們～

繃帶男一派輕鬆地向她搭話，愛麗絲的注意力轉向那邊。

梅莉達可以看出愛麗絲的全身瞬間緊張了起來。

「同樣的話我不想重複太多遍，所以就略過吧；等下我要對妳與梅莉達·安傑爾動某項手術。萬一失敗可能會有一方，或是雙方都死亡。不過放輕鬆點吧。我剛才跟梅莉達妹妹說過，反正也不會有人來救妳們。」

「……不……」

「這需要很多麻煩的準備，妳們再稍等一下喔。妳要跟梅莉達妹妹聊天也可以，只要妳們不逃，大部分事情我都能睜隻眼閉隻眼——」

「不要——！」

愛麗絲突然抱頭發出哀號。

她纖細的全身不停顫抖著。繃帶男皺起眉頭，用手指發了個暗號。南瓜頭們以宛如傀儡般的動作，窺探著愛麗絲的臉。

「不要！討厭！別過來……！」

愛麗絲一屁股跌坐在地，就這樣專注地往後退。她用雙手遮蓋住臉，避免南瓜頭和繃帶男進入她的視野。那模樣簡直就像幼兒，實在不成體統。

「……那是怎麼回事？」

繃帶男一臉疑惑地歪頭，另一方面，梅莉達則品嚐到彷彿臉頰被狠狠甩了一巴掌的衝擊。

沒錯。為什麼自己會忘了呢？梅莉達認識的愛麗絲，是個經常發呆，感覺很危險，但其實非常愛哭又懦弱的人——

愛麗絲最怕的就是像鬼怪一樣恐怖的存在。

她光是看到刊登在書上的藍坎斯洛普照片，就會喊著「好可怕好可怕」，連晚上也顫抖到睡不著，還哭著說「我沒辦法跟這種東西戰鬥」，所以……

所以梅莉達才下定決心，「為了保護這孩子，我必須變強才行」——

明明如此！

「……唔！」

梅莉達用力握緊拳頭，握到發疼的地步；她鞭策著冰凍的雙腳站起身。

明明如此——但自己何時忘記了呢？

竟然想要拜託愛麗保護我，未免也太沒用了吧！

明明必須由我來保護愛麗才行！

梅莉達赤紅的眼眸燃燒起鬥志。她握緊的拳頭蘊含著熱度。

「喂，她要是鬧得太過火，就壓住她吧。」

繃帶男一臉厭煩地發出指示，兩隻南瓜頭朝愛麗絲伸出手。愛麗絲更激動地揮舞手腳掙扎，她大聲的哀號吸引了所有人的注意。

就在這瞬間，梅莉達轉過身。

她鑽過掛在腰部高度的「禁止進入」繩子底下，衝入前方的沙地。她一飛奔到支撐著大白骨模型的其中一根支柱旁，立刻用力踹飛那根支柱。

「……妳在做什麼啊？」

繃帶男注意到梅莉達的行動，但梅莉達沒有停下來。她拔掉一根支柱，盡全力揮動。她好幾次地反覆敲打著模型的基礎。

倘若是一般情況，展覽物不會輕易失去平衡。因此大概是打對了地方，或是女神對梅莉達露出微笑吧。巨大的白骨模型搖晃傾斜起來。

需要抬頭仰望的構造物失去平衡，緩緩倒落。

「什……」

繃帶男的眼睛也不禁稍微瞪大。梅莉達立刻扔出支柱，轉身離開。她朝茫然坐倒在地的愛麗絲伸出手。

「愛麗！這邊！」

「啊……」

愛麗絲反射性伸出去的手，與梅莉達的手指交握，隨後——

白骨衝撞上地板石，驚人的聲響迴盪在博物館中。

那轟隆聲響甚至會讓人產生耳鳴。原本連接著的零件宛如炸彈一般飛散，被吹飛過來的骨頭碎片掠過臉頰，一直在保護臉部的繃帶男不快地咂嘴。

周圍總算恢復靜寂後，那裡悲慘地散落著七零八落的骨頭山。

「還真是亂來啊……這應該挺貴重的吧？我是不知道啦。」

繃帶男不禁發了牢騷，但該抱怨的對象已經不在這裡。

骨頭山裡只有兩隻南瓜頭成了墊背，正眼冒金星。那對有著金髮與銀髮的公爵家姊妹身影，忽然消失無蹤。

身穿黑衣的一名部下驚慌地飛奔到繃帶男身旁。

「金……金大人！我們跟丟目標的身影了！」

「立刻封鎖所有出入口，其他之後再說。」

「……為……為了避免她們抵抗，稍微弄痛她們比較快吧——」

繃帶男以快如雷電般的速度，抓住話說到一半的黑衣男的頭。

他在指尖灌注了強大的力道，緊緊抓住。

「我也是想殺她們想得不得了啊。還有，叫我威，廉。」

「是……是……的……威……廉……嘎……！」

繃帶男一放開手，黑衣人便像斷了線似的倒落在地板上。

繃帶男瞥也沒瞥那邊一眼，他邁出步伐，外套下擺隨之搖曳。

「真傷腦筋，變成一項麻煩的工作了啊……」

與語調相反，他的腳步沒有任何遲疑。

年幼少女們的腳步聲，確實從黑暗那頭響了過來。

† † †

聖摩甘納紀念博物館按照展覽物的類別分隔成六個區域。為了讓訪客能順利參觀，六個區域以玄關為出發點，呈甜甜圈狀連接起來，似乎設計成繞館內一圈後，就會回到出入口的構造。

「第三區深處好像有逃生口，我們走吧。」

梅莉達透過館內地圖確認現在位置，快步走了起來。不過被她牽著手的愛麗絲卻一直啜泣，哭個不停。被藍坎斯洛普綁票的現況，似乎讓她害怕得不得了。

「嗚咕……噫……嗚噫……！」

「別哭啦，愛麗！就算哭也沒用呀。」

「嗚咕……可是……」

梅莉達暫且停下腳步，將手繞到愛麗絲背後，緊緊抱住了她。

「妳看，有我陪妳啊！對吧！」

愛麗絲的淚水滴落到梅莉達裸露出來的肩榜上，她堅強地緊抓住梅莉達。

就這樣過了一陣子後，她用力吸了吸鼻涕。

「……嗯。」

「很好！」

梅莉達放開愛麗絲，對她露出笑容。

其實梅莉達也非常不安，但梅莉達動搖的話，愛麗絲會更加害怕。想扶持堂姊妹的意志，也成了梅莉達本身的支柱。

兩人再次牽手邁出步伐。黑暗中四處迴盪著綁匪們的腳步聲實在教人害怕不已，但愛麗絲已經沒在哭泣了。

必須動腦想個逃離的方法。

「那果然還是拿不掉嗎？」

「……沒辦法。瑪那完全出不來。」

LESSON IV ～失眠者們～

愛麗絲感覺噁心地俯視包在右手腕的奇妙繃帶。梅莉達原本以為身為聖騎士的愛麗絲或許能拿掉，不過這淡淡的期待似乎已落空。

相對於綁匪集團混有武裝的黑衣與藍坎斯洛普，梅莉達和愛麗絲現在就跟一般人沒兩樣，就憑她們自己要逃離，希望實在太過薄弱。充斥周圍的黑暗彷彿在隱喻她們現在的狀況，但梅莉達並沒有停下腳步的選項。

——如果老師站在我的立場，他絕對不會放棄的！

那毫不留情的強大，與宛如鬣狗般的頑強，還有彷彿鑽石般的完美——倘若是具備這些要素的家庭教師，一定會用一般人想也沒想過的方法打開突破口。如果梅莉達要自詡為他的徒弟，必須時時提醒自己做出不會羞愧的行為舉止。

梅莉達想著庫法，認真地抬起頭來。她的雙眼似乎已經習慣黑暗，周圍的光景慢慢浮現出來。梅莉達能看見展覽在玻璃櫃裡的眾多物品。

「噯，這些……不是武器嗎！」

梅莉達奮勇地飛奔到其中一個玻璃櫃前。裡面裝飾著附帶珠寶的短劍和三叉槍，還有槍手位階會用的槍械等等。這一區似乎是在介紹古時代製造使用過的武器和兵器。

不過並肩站到梅莉達隔壁的愛麗絲，以平常的語調說道：

「但是這裡的武器……我感覺不到神性。我想對藍坎斯洛普不管用。」

「唔，這麼說也是呢……嗯～真想設法弄到武器呢。」

梅莉達一邊煩惱，一邊不死心地調查玻璃櫃裡面的東西。

瑪那能力者們使用的武器，除了強度和銳利度外，還具備瑪那傳導率這個重要的要素。畢竟身為人類仇敵的藍坎斯洛普，會將源自太陽之血和瑪那以外的攻擊全部無效化。現在的梅莉達與愛麗絲要擊退他們打開出口，必須拿到具備一定神性的武器才行。

梅莉達所見範圍內的東西，是沒有子彈的手槍、平凡的刀具，還有……——

思考到這邊時，梅莉達的腦海忽然靈光一閃。

梅莉達看向隔壁，被注視的愛麗絲訝異地歪著頭。

「什麼事？」

梅莉達沒有回答，而是蹲到愛麗絲腳邊。她試著左右拉扯洋裝裙襬，但不愧是高級紡織品，連一條線也沒脫落。

既然如此——梅莉達環顧周圍，看中一個長度適中的桿子。她解開禁止進入的繩子，將長約一公尺的金屬製桿子扛到肩膀上揮起。

然後愛麗絲還來不及驚訝，梅莉達便用桿子敲向玻璃櫃。

震耳欲聾的碎裂聲響徹整座大廳。

「這……這麼做沒關係嗎……？」

梅莉達無視按住耳朵大吃一驚的愛麗絲，從破掉的玻璃櫃中借用附帶珠寶的短劍。然後她再度跪到愛麗絲腳邊，在裙襬部分剪下一刀。

接著裙子被撕裂成好幾片，愛麗絲的臉頰稍微泛紅了。

「莉……莉塔……？」

「這是老師教我的。『將周圍所有可能性都放入選項中來戰鬥。必要的話，就算破壞世界也要生存下去』——這個也借我用喔。」

梅莉達撕裂洋裝的裙襬部分製作布條，然後將布條捲在桿子前端。她接著從愛麗絲的頭髮上卸下頭冠，確認鑲在裡面的寶石。

火精靈的發火石……身為最高級品的那個珠寶，和太陽之血同樣具備神性。拿去敲打硬物的話，剝落的碎片會具備高熱，成為火種。

然後，愛麗絲洋裝的材質，是火焰鳥羽毛的紡織品。以材料來說這也是最高級的極品，據說壽命長達數千年的火焰鳥，羽毛寄宿著神性。只要把這些當成火把，就能完成目前所想得到的最棒的武器。

雖然不曉得對他們能起多少作用，但應該有一試的價值吧。

「愛麗，這樣很危險，妳稍微退後——」

梅莉達話說到一半，察覺到一件事。

不知不覺間，有個滑溜的異形影子逼近愛麗絲背後。

愛麗絲轉過頭時已經太慢，她被摔落到地板上。梅莉達雖想飛奔到愛麗絲身邊，但不知從何處冒出來的黑影擋在梅莉達眼前。

梅莉達的脖子被一把抓住，面朝上地被推倒。

「嘎啊……！」

後腦杓用力地撞到地板，腦內麻痺了起來。

壓住愛麗絲與梅莉達的是兩隻南瓜頭。是打破玻璃櫃的聲響讓位置穿幫了嗎？完全沒察覺到牠們的氣息。

「莉……莉塔……！」

愛麗絲的頭牢牢地被按住，完全無法動彈。梅莉達也拚命掙扎，但南瓜頭勒住脖子的手，只是勒得更用力而已。

「啊……咕……嗚……咕……！」

彷彿被擠出來的呻吟聲，從自己的嘴脣流露出來。

大腦失去氧氣，變得無法正常思考。簡直就像漸漸變成石頭一般，感覺逐漸從被南瓜頭的手碰觸到的地方開始消失。脖子、軀幹、肩膀、手臂都逐漸使不上力，最後剩下的手心——忽然擁有熱度。

「……嗚！」

梅莉達的雙眼恢復了光芒。就跟那時候一樣。那一晚因為讓瑪那覺醒的藥，差點死掉的時候；或是在公開賽中被涅爾娃‧馬爾堤呂逼入絕境的時候。

梅莉達被逼入束手無策的絕境時，伴隨著簡直就像被包圍住的手心熱度，那個人的聲音會斥責自己彷彿要挫折的內心。

活下去，活下去，活下去，活下去。

——活下去！

「——唔！」

梅莉達猛然睜開眼睛，舉起顫抖的手臂。

她用力地將右手握著的頭冠摔向地板石上。

好幾次，好幾次，好幾次摔落地板的聲響，宏亮地在周圍迴盪。

然後剝落的發火石碎片急速帶著熱度燃燒起來。

梅莉達點燃左手拿著的即席火把，讓格外炫目的火焰膨脹起來。

「嘰！」

梅莉達沒有放過南瓜頭像是大吃一驚似的抽身的瞬間。

「——啊！」

她伴隨著氣勢揮起火把，將前端塞到南瓜頭套的口腔部分。火焰從內側灼燒起來，南瓜頭發出刺耳的哀號，並摔了個四腳朝天。

梅莉達喘著氣跳起身，用火把痛毆按住愛麗絲的南瓜頭。

「離愛麗絲遠一點！」

南瓜頭忍不住拉開距離時，梅莉達對著牠的臉架起火把。

「看啊！我也會讓你吃，你就像傻瓜一樣張開嘴吧！」

南瓜頭也沒有無能到會乖乖聽從梅莉達的話，牠連忙緊閉上嘴，而且用雙手從上面按住。梅莉達瞄準這瞬間，往前踏步。

「眼球是空的！」

頭套的空洞不只是嘴巴。梅莉達準確地貫穿右眼部分，從內側毫不留情地烘烤。第二隻南瓜頭也尖叫之後痛苦打滾，摔倒在地板上。

「像你們這種東西……我再也不會害怕了！」

梅莉達忿忿地這麼說道，然後扶愛麗絲起身。她想已經不是慎重行事的時候，發出宏亮的腳步聲拔腿就跑。

「莉塔，妳好厲害……」

「這才剛開始呢！」梅莉達右手拿著火把，左手牽著愛麗絲，向前奔跑。兩人來到第三區。正好位在玄關大廳相反邊的第三區，寫著有逃生口。

「找到了！」

用紅色繩子隔開的最深處可以看見雙開門。不過是鐵製的。雖然也可能有上鎖，但都來到這裡，也無法停下腳步。

梅莉達與愛麗絲互相點點頭，更加快了腳步。就在距離逃生門只剩十步時──

「妳真是個強韌到讓人傻眼的公主呢。」

黑暗伴隨著唐突的聲音凝聚在前方。

空間扭曲起來，高個子的青年從內側現身。披著外套，全身包滿繃帶的男人。是擄走兩人的綁匪集團首領。

梅莉達的身體不禁僵硬起來，但她想起右手握的火把感觸。既然是藍坎斯洛普，從他剛才的態度也已經證明神聖的火焰是他的弱點。

「喝啊！」

梅莉達沒有停下腳，勇敢地撲上去攻擊。但他的身影在前一刻消失無蹤，火把只是揮開黑霧。

「在這邊。」

從後方傳來聲音，梅莉達與愛麗絲猛然轉回頭看。然後這次真的說不出話來。

不知不覺間，繃帶男的背後聚集了七八個黑色人影，換言之，就是綁匪集團的所有人都到齊了。繃帶男連眉頭也不皺一下地說道：

「梅莉達妹妹啊，難得我要讓妳變成聖騎士，妳為什麼要逃呢？」

「……我已經擁有跟老師一樣出色的位階了！不管是聖騎士還什麼，都沒有必要！」

「是喔。」

對於梅莉達的主張，繃帶男也彷彿事不關己似的搔了搔臉頰。

「附帶一提，妳們後面的逃生門已經上鎖了，不管做什麼都打不開喔。」

「咕……」

梅莉達可不會因為他這番話就放棄。梅莉達再次高舉火把，向前突擊。

梅莉達大動作揮起，在前一刻改變軌道，瞄準腳邊。繃帶男將腳縮回，取而代之地換上半身向前傾。梅莉達瞄準這點，連接到第二記攻擊。她靠揮下第一擊的氣勢旋轉身體，將第二擊對準顏面刺了過去。

「——嗚！」

繃帶男瞠大了眼，隨後火把便「鐺！」一聲地撞向他的臉。

儘管梅莉達感覺確實打中了，但隨後便驚訝地睜大了眼。

「毫不猶豫地瞄準臉部的膽量雖然很了不起……」

繃帶男的手接住了火把的前端，也就是火焰燃燒得正旺的部分。

儘管火焰烤焦了皮膚，仍然被繃帶男一把捏滅。

「但挑錯對手了呢。」

繃帶男的單手朦朧起來，隨後梅莉達的腹部便遭到巨大的衝擊，整個人吹飛出去。

梅莉達滑過被擦得發亮的大廳地板，痙攣幾下後不動了。

「莉塔……唔！」

試圖飛奔過去的愛麗絲也被用力甩了巴掌，遭遇到不合理的攻擊，她束手無策地倒落。兩人並列著趴倒在冰冷的地板上。

「我說了叫妳們別抵抗吧。要控制力道不殺掉妳們反倒比較困難呢。」

繃帶男一臉麻煩似的揮揮手，向年幼少女們走近一步。

「算啦，妳們這樣應該學到教訓了吧，安分一點啊。」

無論由誰來看，都能明顯看出她們已經無計可施了。梅莉達本人連聲音也發不出來，只能趴倒在地。她的手臂微微痙攣，每抖一下都會迴盪著清澈的聲響。

——聲響？

繃帶男「金」停下了腳步。

仔細一看，梅莉達並非痙攣。她是將右手握的發火石摔向地板，試圖再一次升起火。縱然到這種時候，她仍舊沒有放棄。

「莉塔……！」

注意到這點的愛麗絲，也緊閉嘴脣抬起上半身。儘管眼中堆滿淚水，她仍親手撕破裙襬，試圖製作武器。

「妳們……」

金忍不住這麼低喃時，一直趴倒在地的梅莉達，眼眸散發出強烈的光芒瞪著金看。被她的視線射穿的瞬間——金覺得一陣毛骨悚然，他身為藍坎斯洛普的本能感到戰慄。

金隔著繃帶按住嘴邊。

「……這下不妙啊，變更預定。」

「咦？」

「不用變異術了。要在這邊收拾掉她們。如果留她們活口，不久的將來一定會威脅到我們。」

金用強烈的語氣這麼宣言，於是背後的黑衣人們動搖了起來。

「咦？不，可是！我們的任務怎麼辦……！」

「反正這手術原本就沒生存的希望，總有辦法找個藉口的。你們閉嘴。」

金丟下毫無危機意識的部下，毅然地邁出步伐。

倘若留她們活口，讓她們這樣成長下去，敵我的能力值說不定遲早會逆轉。她們具備著那樣的潛能，更遑論要給予聖騎士位階了。

金站到梅莉達面前，她光是揮動手臂似乎就用盡全力，金活動手指，發出聲響。

「……如果是五年後，被狩獵的可能就是我了。」

不過，她們現在還是成長途中的小孩。

要趁她們還沒成熟前殺掉。

「……嗚！」

梅莉達驚訝地瞠大了眼。她本身正沉痛地感受到現在的自己有多麼無力。遭到毆打的腹部痛得快死掉，全身彷彿綁了鉛快一般沉重。握著頭冠的手不停顫抖，無論敲打幾次都點不著火。

儘管如此，梅莉達還是絞緊所有精神力，再一次揮起手臂，揮落地板。

梅莉達誤判目標，頭冠發出喀鏘的清脆聲響。

「永別啦。」

繃帶男乾脆地說道，高舉左手。他的指尖淡淡發光——抽動了一下。

才心想他怎麼突然停下動作，只見他猛然抬起頭，看向梅莉達的背後。

隔著繃帶也能看出他一臉憎恨地扭曲了表情。

「……嘖！」

他咂嘴的同時踹了下地板，大大地往後跳。梅莉達與愛麗絲心想是怎麼回事而蹙起眉頭，隨後——

逃生口的雙開門吹飛了。

門扉碎片掠過頭上，同時背後傳來鮮明強烈的光芒。梅莉達與愛麗絲不禁轉過頭，看見了從逆光當中衝進來的兩個人影。

「「老師！」」

庫法與蘿賽蒂各自瞄了一眼自己的學生確認後，順勢如風一般穿過她們身旁。兩人高舉早已經拔出的武器，襲向黑衣人們。

站在敵人集團前頭的繃帶男，一看到暗色軍服便猛然瞠大雙眼。

「別管那兩個小鬼了！把騎士們殺掉！」

黑衣人們彷彿回應似的發出吶喊，一起上前戰鬥。三人包圍庫法，像要斷絕退路似的揮落武器。相對的庫法則是一揮插在腰間的黑刀。

快如閃電的斬擊亂舞幾閃後，幾乎同時彈回了三人的武器。蘿賽蒂一邊演奏著清脆的金屬聲，同時將黑衣人們的上半身往後壓倒。讓人屏息的高手技術——彷彿要蹂躪那空隙一般，吹散緋紅火焰的圓刃飛奔而過。

在金屬圓圈上多了握把的那玩意，是名叫「圓月輪」的武器。圓月輪橫行無阻地切碎失去平衡的黑衣人，同時不讓庫法受到一丁點傷害。蘿賽蒂在空中接住彷彿擁有意志似的被拉回去的那武器，宛如表演舞蹈一般轉身翻動衣襬後，雙手再次擲出圓月輪。

就在黑衣人們的注意力偏移到頭上的瞬間——暗色影子飛奔過幾公尺的距離。以使勁揮手砍的姿勢靜止下來的庫法，將刀收入刀鞘後，血花才慢一拍跟上。好幾人甚至一臉沒發現已經被砍的表情，身體搖晃傾倒。

庫法用收在刀鞘裡的黑刀逮住一人手臂，然後用掌底敲擊下顎，像要將其捲進來似的甩出去。接著宛如雜技般扭轉身體，踢向頭頂。他往上踢的腳跟與在空中舞動的蘿賽蒂的鞋底接觸；蘿賽蒂順著那股氣勢跳往更上方，從無人能搆到的高度散發出宛如天使光環般的緋紅火焰。

兩人無懈可擊的合作，讓理應能靠數量取勝的黑衣人們無計可施——

「好……好厲害……！」

梅莉達與愛麗絲甚至忘了呼吸，入迷地看著眼前的光景。不曾見識過的高水準戰鬥。就連在聖王區舉辦的御前比賽都很少能目睹到這般精彩的劍舞。家庭教師們壓倒性的能力，以及累積至今的經驗值，縱然沒有算成數字，也能切身地感受到。

年幼的少女們在無意識中緊緊握住彼此的手。

那就是——

庫法用刀與刀鞘，同時制止住剩下最後兩名黑衣人的動作。

那就是我們當成目標的境界！

「蘿賽！」

在呼喚的同時飛來的影子擦過庫法頭上，在他背後著地。宛如進行狩獵的老鷹般，她雙手握著的圓月輪早已掠取敵人的生命力（HP）。

最後兩名黑衣人崩落——之後突然安靜了下來。一回過神，所有黑衣人皆倒落在地板上，站著的只剩庫法與蘿賽蒂兩人而已。

蘿賽蒂俯視手邊的圓月輪，微微顫動地低喃著：

「……剛才是怎麼回事？這種感覺……這種一體感還是頭一次……」

蘿賽蒂的搭檔在她背後咻咻揮動著刀，一臉若無其事地將刀收入刀鞘。蘿賽蒂投以像在試探，抑或想看透般的視線。

「說真的，你到底是何方神聖？」

「只是個微不足道的家庭教師。先別提這些，現在更重要的是……」

「啊，對喔！」

蘿賽蒂也連忙收起武器，飛奔到這邊來。她看到衣服變得殘破不堪的學生，不禁沉痛地扭曲表情。

她正要張開雙手……在摸到愛麗絲的肌膚前，她放下了手。

「小……小姐……對不起，都怪我不夠振作。」

在她話說完前，愛麗絲的銀髮撲進蘿賽蒂的胸口。

像是整個人感到安心似的，十三歲少女將體重依靠在宛如姊姊般的家庭教師身上。

「老師……」

「啊……啊哇哇……呼哇……！」

蘿賽蒂一臉不知是混亂還感動的表情，忙碌地看著胸口的少女與庫法的臉。庫法一臉無奈地點了點頭，她才總算下定決心似的用力回抱愛麗絲。

直到愛麗絲抱怨「有點難受」為止，她的擁抱都沒有放鬆過。

那副光景讓梅莉達不禁露出笑容——她癱軟無力地坐倒在地板上。

「小姐？」

「沒……沒事的。我只是有點腿軟……」

庫法立刻單膝跪到梅莉達身旁，輕輕將手放到她肩上。

「妳沒事真是萬幸……我來遲了，十分抱歉。」

梅莉達搖了搖頭回應，這時她忽然注意到一件事。

「這麼說來，老師，你怎麼會在這裡？你不是出門到聖王區……」

「是啊，我在路上從騎兵團總部那兒接到聯絡，說『有犯罪組織在卡帝納爾茲學教區活動頻繁』，我有種不祥的預感，因此就從行駛中的列車上跳車了。」

「跳……跳車……！」

「看來這麼做是正確的呢。我急忙趕回這裡一看，就遇到蘿賽蒂小姐正在嚷嚷小姐們下落不明——幸好在學院放假前我有點在意的事情，有事先委託調查是對的。」

與愛麗絲擁抱完之後，蘿賽蒂也重新環顧倒在地板上的綁匪們。

「這些傢伙究竟是什麼？仔細一看，還混著藍坎斯洛普嘛。」

「呃，他好像說過他們是黎明戲什麼的……」

「黎明戲兵團！」

蘿賽蒂激動地倒抽了一口氣，庫法也表情嚴肅地蹙起眉頭。

「兩……兩位都知道這名字嗎？」

「呃——他們是非常壞的傢伙！為什麼那些傢伙要綁票愛麗絲小姐和妳？」

「好像是說要把我的位階改變成聖騎士什麼的。」

「…………」

聽到這邊，庫法一言不發地站起身。簡直就像在說「我懂了」一樣。

「蘿賽蒂小姐，能麻煩妳照顧小姐她們嗎？如果是騎兵團的魔術師，應該能解除施加在她們兩人身上的詛咒。請向組織完整的他們尋求庇護吧。」

「咦，那你呢？」

「沒看到包繃帶的藍坎斯洛普男子，似乎是讓他跑了。」

聽庫法這麼一說，梅莉達也察覺到了。倒在地板上的綁匪中沒看到那個叫「金」的繃帶男。庫法牢牢地重新握穩黑刀的刀鞘。

「那傢伙恐怕是最強的高手……是綁匪集團的首領吧。我要追查他的逃走路線，可能的話會查明他們的巢穴。」

「那……那樣太危險了！我也一起……」

「他們的目標可是小姐妳們喔。一直將兩位放置在這裡，才更教人害怕。我不要緊的，我會適可而止。」

庫法這麼說，立刻想轉身離去。梅莉達在庫法離開前含蓄地叫住他。

「那個，老師……有件事想請你聽我說一下。」

LESSON IV ～失眠者們～

「怎麼了嗎？」

「剛才的繃帶男說，有人委託他們這麼做。如果我不是聖騎士，對方會很困擾……他說的人會是誰呢？」

「……小姐。」

庫法再度跪到梅莉達面前，溫柔地將手放在她肩上。

「其實來到這裡之前，有人察覺到騎兵團的配置改變得很不自然，並協助我們推算出小姐們的所在地。小姐覺得是誰呢？」

「咦……？」

「是菲爾古斯公……也就是小姐的父親大人。」

庫法彷彿在說這就是答案似的笑了，然後站起身。

「蘿賽蒂小姐，那邊麻煩妳了。」

「啊，慢點！…………真是的！」

庫法聽也不聽挽留的聲音，眨眼間便飛奔到黑暗彼端。

雖然梅莉達也很擔心庫法，但現在的她跟過去也只會成為絆腳石。還是乖乖請騎兵團保護自己，等待庫法平安歸來吧。

「……謝謝您，父親大人。」

梅莉達用沒人會聽見的音量悄悄低喃，然後驀地思索起來。

那麼委託他們的人，究竟是誰呢？

庫法・梵皮爾

位階：武士

HP	6378	MP	592		
				敏捷力	683
攻擊力	592（499）	防禦力	501		
攻擊支援	0～20%	防禦支援	—		
思念壓力	50%				

主要技能／能力

隱密 Lv9／心眼 Lv9／結界無效 LvX／增幅爐 Lv9／節能 Lv9／抗咒 Lv9／幻刀九首・空牙羅生閃／千刀術・絕華絢爛／極致拔刀・戰嵐輝夜／奧義殺刀術・破界之精髓

蘿賽蒂・普利凱特

位階：舞巫女

HP	4926	MP	647		
攻擊力	467（633）	防禦力	464	敏捷力	549
攻擊支援	0～20%（25%固定）	防禦支援	0～20%（25%固定）		
思念壓力	45%				

主要技能／能力

神樂 LvX／魅惑 Lv8／瑪那再生 Lv2／增幅爐 Lv8／節能 Lv8／抗咒 Lv9／基本調整／哈林搖／波爾卡民族舞／閃耀連身裙／馬哈拉干

【舞巫女】

以擅長將瑪那本身具體化來戰鬥的位階。從中距離開始的多彩多姿戰鬥方式，看起來也十分絢麗，替戰場增添色彩。透過專用能力「神樂」，只要專心於舞蹈上，也能將支援能力提升到Ｂ等級。

資質〔攻擊：Ｃ　防禦：Ｃ　敏捷：Ｂ　特殊：中距離攻擊Ａ　攻擊支援：Ｃ（Ｂ）　防禦支援：Ｃ（Ｂ）〕

LESSON：V ～在臨界點的彼端～

——莫爾德琉卿！那混帳老頭在想什麼啊！

庫法無聲地穿梭在被黑暗包圍的通道中，同時在內心咒罵著。

擄走梅莉達她們的傢伙，似乎自稱是黎明戲兵團。

那是在弗蘭德爾的暗處生根的恐怖組織名號。縱然自稱是戲兵團，跟以守護人界為使命的燈火騎兵團，還有庫法所屬的白夜騎兵團性質完全相反。是一般也被稱為「犯罪兵團」的危險集團。

據說它的起源比弗蘭德爾設立具備更悠久的歷史，是現存最古老且最凶悍的祕密組織。內有失去權威的古代政治家；因各種理由沒落的貴族；甚至還有眾多藍坎斯洛普，他們以廢除現行貴族體制為口號，展開好幾次恐怖活動——簡單來說，就是一群只是想讓自己重回權力寶座的大混蛋。

不過，正因為該組織的性質是以瑪那能力者為仇敵，關於人體構造的研究，聽說他們比「這邊」更投入。關於將位階變異成其他位階的手術，庫法也曾聽過傳聞；那危險度應該跟庫法以前對梅莉達進行的瑪那移植術完全無法相比。據說成功率不到一成，就連倖存者也會患上精神病，再也無法回到正常的生活。

簡單來說，他認為「就算是一睡不起的廢人也無所謂，給我變成聖騎士」嗎？恐怕是梅莉達的位階在前幾天的公開賽中穿幫了。庫法可以明白他因焦躁而衝動行事，但居然會求助那種是非不分的傢伙……那老頭究竟老糊塗到什麼地步啊！

激動傳遍庫法全身，腳步聲不禁宏亮地迴盪起來。

總之，既然梅莉達的真相已經被知道，就不能放任不管。

要將所有綁匪——全部封口！

庫法一口氣跳躍過最後一段距離。越過第六區後，前方就是寬廣的玄關大廳了。在到二樓的樓梯井，粗壯的圓柱在相當高的位置支撐著天花板。

在正面入口前，開放的大廳正中央，可以看見穿著外套的人影。破爛不堪的繃帶從衣角隨風搖曳，手上則抱著跟頭部差不多大的玻璃盒。

「我不會讓你逃掉的。」

庫法從背後縮短距離，於是繃帶男金「嗯？」了一聲，轉過頭來。

「啊，什麼嘛。你用不著特地追來，我也會立刻回去啊。」

「……那股氣息（阿尼瑪）。果然是你嗎？」

像這樣面對面後，庫法確信了。感覺已經是很久以前的事情，就是在吉夫尼・艾爾斯涅斯宅的間諜任務。是庫法那時在書齋砍掉的黑外套男人。還有之前公開賽那天，與莫爾德琉卿密談的人物，肯定也是他吧。

庫法將黑刀擺在腰間，擺好架勢以便能隨時拔刀。

「我不會再讓你對小姐她們出手。」

相對的金「呼」地嘆了口氣。

「……我不太清楚是怎麼回事，但因為你這個前任者偷懶，才會派我們出場吧。你為什麼放置了不是聖騎士的梅莉達妹妹呢？」

「那跟你沒有關係。」

「是喔。」

他這麼說道，將手上拿的玻璃盒輕輕打破。綠色的液體飛濺出來，無法收納到裡面的物體掉落到手心上。

那是看起來也像人類腦袋的肉塊。肉塊微微顫動，感覺詭異地脈動著。

「這玩意是我們的王牌。為了在發生像之前那樣的異常狀況時，可以把敵人連同一切都破壞掉，當成『沒發生過』，才特地帶來的終極生物兵器。」

綁帶男拿出裝滿神祕液體的針筒，注入肉塊當中。於是肉塊怦通！地用力晃動一下，膨脹了一圈。

從金的手掉落到地板上的肉塊，隨後爆炸性地巨大化。

那光景簡直就宛如樹苗急速生長一般。肉無止盡地從內側隆起，以驚人的速度逐漸增加體積。推測是前後腳的突起冒了出來，飛濺著體液並拍打地板石。接著軀幹膨脹起來，背後隆起，從長脖子延伸出來彷彿惡魔一般的頭部，逼近高達二十公尺的天花板。

金在那生物腳邊維持面無表情地說道：

「這是人造藍坎斯洛普『幽靈奇美拉（Haunted Chimera）』，開發概念是『人類絕對贏不了的怪物』。牠的精髓在於讓所有能力值都到達臨界點（Counter Stop）。」

「到達臨界點……！」

「HP、攻擊力、防禦力……所有數值都指向人類的極限。雖然因為尺寸問題，是敏捷力止於三百的缺陷品，但無論怎樣的高手，在這傢伙面前也跟羽蟲沒兩樣。」

金突然從繃帶底下散發出殺氣，開口宣告：

「那麼，終於可以繼續之前的戰鬥了吧——我名叫威廉．金，作為藍坎斯洛普的種族是『屍人鬼（Ghoul）』。事到如今，也不用特地告訴你我操縱繃帶的異能（阿尼瑪）吧？」

「……嗚！」

「別用那種裝酷的說話方式啦，刺客。我現在就要，殺了你。」

隨後，超常的怪物幽靈奇美拉吼出震耳欲聾的尖叫。

牠抬起左腳，猛烈橫掃。雖然動作單純，但迅速得難以想像牠有著龐大身軀。牠一邊在地板石上鑽洞，同時以壓倒性的質量逼近，庫法瞬間解放出瑪那後，一蹬地板。

庫法在空中握住黑刀握柄，拔刀便是一閃，與金逼近背後的手臂激烈衝撞。他猜到庫法的閃避路線，搶先繞了過來。

「你速度還是一樣快呢。」

「你也是。」

雙方簡短交換一句話後，伴隨金屬聲響拉開距離。幽靈奇美拉的剛強手臂像要劈開他們中間似的從正上方揮落下來。地板石被擊碎，博物館中震動得彷彿世界末日來臨一般。

金拉開距離著地，面不改色地低喃：

「速度果然不是普通地快啊……光靠我的繃帶無法捕捉到他的動作嗎？」

另一方面，滑過地板靜止下來的庫法，也用銳利的視線望向前方。

「那個繃帶很棘手……他要是用那個保護身體，一般攻擊是傷不了他的。」

既然如此——庫法將黑刀架在眼前。幽靈奇美拉的確是個恐怖的威脅，但首先應該瞄準的對象是金。庫法將瑪那集中在腿部，提昇潛在敏捷力後，一口氣蹬地跳起。

空氣鏗地振動了一下，庫法的身影消失無蹤。金驚訝地瞪大了眼，一轉頭立刻勉強揮起手臂，在眼前擋住從背後掃過來的刀刃。

「反應不錯——」

不過這邊是假動作——庫法無聲地宣告。庫法鑽進金的懷裡賞他一拳，又補了兩腳，將金比外表還笨重的身體推往空中。

隨後他「鏗」一聲地收起刀，本身也一蹬地板，飛舞至空中。

「『極致拔刀』……」

爆發性的蒼藍火焰噴射出來，全部都在瞬間注入腰間的刀上。壓縮過頭的瑪那引發共鳴，響起「嘰——！」的尖銳音色。

「『戰嵐輝夜』！」

神速的拔刀術發出咆哮。

將敏捷力提昇到極限的斬擊，從漆黑刀鞘中接連不斷地被解放出來。連續攻擊數總計高達四十七擊的猛烈超速攻擊技能。由於速度快到偏離常識，斬擊聲聽起來幾乎重疊成一個。伴隨著空間彷彿斷絕了一般的恐怖音色，有如流星雨的劍擊風暴襲向了金。

金承受著無法徹底閃避的劍擊，同時深深地感到戰慄。

——肉眼無法徹底捕捉！

另一方面，一直不斷揮刀攻擊的庫法，也咬緊了牙關。

——好硬！

庫法用渾身的力量揮出最後一擊，將金的外套身影吹飛。他在地板上跳了幾次，衝撞上圓柱並掀起粉塵。

金遭到半個人埋在圓柱裡的損傷，「咳嘔！」地吐出血。即使是他也不免有些疲憊地擦拭嘴角，同時一臉憎恨地發著牢騷。

「這個怪物……！居然連技能的預備動作都沒有時間差……！」

金皺起眉頭低吼，一臉無奈地爬起身。他拍落沾到外套上的石頭碎片。

「呼……不過，剛才的攻擊技能沒能定出勝負，倒是意料之外呢。」

「——嗚！」

正往下掉的庫法，猛然一驚地倒抽了一口氣。

「如果是單挑可能沒問題，但現在大意地跳起來，是一步壞棋吧？」

隨後，有如行駛到最快速度的列車般的壓力以橫掃吞沒空中的庫法。是幽靈奇美拉的剛強手臂。牠揮出最高攻擊力的一擊直接命中庫法，庫法宛如子彈一般吹飛。

庫法衝撞上圓柱並貫穿過去，氣勢依然停不下來，在撞上牆壁的瞬間，呈放射狀地冒出幾公尺的龜裂。粉塵宛如雲朵一般飛起，石頭碎片七零八落地飛舞四散。

「哎呀呀……一擊就把你的ＨＰ打掉了嗎？」

不對——金立刻在內心這麼否定。

空中有閃亮的光之線。是鋼絲。庫法大概在衝撞之前跳往後方，稍微減輕了一點威力。真是教人畏懼的反射速度。

彷彿在證明金的推測一般，粉塵消散後的牆壁破碎痕跡上，並不見庫法的身影。

隨後鮮血飛濺。幽靈奇美拉的腳邊裂開一直線。

斷斷續續的斬擊竄上，奇美拉發出尖叫，卻看不見關鍵的敵人身影。地板石四處跳起，狂風猛烈低吼。即使靠金的動態視力來看，也只能捕捉到殘像。

「原來如此……不光是純粹的攻擊力，還乘上敏捷力，讓威力大增嗎？」

不過很遺憾——金這麼說道，他纏繞著搖晃的氣場，同時張開雙手雙腳。

「你要是忘了我也在，可就傷腦筋嘍。」

隨後，成捆的繃帶從金的外套袖口擴散出來。繃帶彷彿各自擁有個別意志一般，勾勒出不規則的軌道，從全方位襲向庫法。繃帶掠過軍服衣襬，淺淺地劃過臉頰。為了閃避瞄準腳邊的繃帶，庫法一蹬地板，在那一瞬間遭到奇美拉狙擊。

趁那一瞬間的破綻橫掃過來的巨大前臂，捕捉到在空中的庫法。身體凹成く字形的他，發出啪嘰啪嘰劈嘰！的恐怖骨折聲，響徹周圍。

「咕……！」

幾乎就在同時追趕上來的屍人鬼的綳帶，纏繞住庫法的右手腕。

「好，總算有破綻了。這樣一來你的能力值就減半了，你承受得住嗎？」

庫法當然不可能承受得了，他順勢被毆飛，又有如弓箭一般被摔向牆壁。

摻雜在飛舞四散的石頭碎片中，噴灑著血花的某個東西在半空中飛舞，掉落到地板上。

是從軍服肩頭被撕裂下來的左手臂。

「啊～一隻手斷了呢。人類真是脆弱……」

就在金話說到一半時，從其他方向也噴出血花。

幽靈奇美拉正發出尖叫。牠的右前腳從中間被劈開，碎裂的肉塊黏答答地掉落到地板石上。

「……在被吹飛前命中了一擊嗎？」

就在金一臉無趣地哼了一聲的同時，粉塵消散，庫法走了出來。他早已遍體鱗傷，剩下一隻手。而且還因為金的異能，瑪那處於減半狀態。儘管如此，庫法仍右手穩穩提著黑刀，藍紫色瞳眸搖晃著沒有一絲陰霾的殺機。

金搔了搔臉頰，俯視庫法沾滿灰塵在地上滾動的左手臂。

「你在人類當中明明也是頂尖的戰士，還真可惜呢。這麼一來，你等於斷送了自己的未來。『那個』真的值得你做到這種地步去守護嗎？」

「──當然值得。」

庫法恢復成最原本的語調，用宛如利箭般的視線瞪著金。

「你也感覺到了吧，她擁有無限的可能性。那種預感是正確的。小姐遲早會超越我，戰勝所有強者，站在這個弗蘭德爾的頂端。許多人活在得不到回報的境遇中，曾被輕蔑為『無能才女』的小姐那副英勇的姿態，將會成為那些人的希望吧。」

庫法筆直地將黑刀尖端刺向繃帶男，這麼斷言。

「因此我才會在這裡，我會賭上生命培育她給眾人看。」

「……這部分的認知我倒是有同感吧。」

金舉起手，向奇美拉打暗號。

「無論如何──都得在這邊先摧毀你們師徒倆呢。」

幽靈奇美拉發出巨大咆哮，朝著庫法突擊過去。庫法立刻擺出備戰架勢，但綜合的敏捷力早已減弱到四分之一以下了吧。

換言之，庫法的動作比幽靈奇美拉還要慢。不可能閃得開。

宛如鐵鎚一般揮落的剛強手臂，從正上方擊潰庫法。驚人的衝擊穿破地板，像是火山口的龜裂竄向四方後，掀起猛烈的粉塵。
異常宏亮的轟隆聲與衝擊，玄關慢了一拍搖晃起來。
金一臉麻煩似的拍掉灰塵，這麼低喃：
「……最後連動都沒有動嗎？不過，以幽靈奇美拉為對手，算是很努力奮戰了吧。我想HP大概被削掉了五百有喔。」
當然沒有回應金的聲音。金「呼」地吐了口氣，折返回頭。
「那麼，這下我也覺得神清氣爽，接著要不要去殺掉梅莉達妹妹呢？」
轟！話說到一半時，粉塵被吹飛過來。
陣風捲起漩渦，站在中心的青年露出身影。
庫法用一隻右手接住了幽靈奇美拉的攻擊。
「……啥？」
金發出傻眼的聲音，隨後——
幽靈奇美拉的剛強手臂反倒被彈開，巨大的身軀面朝上地摔了個四腳朝大。一陣往上頂的衝擊撼動地板，金站穩腳步，總算回過神來。
「……怎麼回事，放水放過頭了嗎？再攻擊一次！盡全力！」
幽靈奇美拉接到命令，滑溜地轉動巨大身軀，擺出突擊姿勢。被這種超重量壓扁的話，在物理上是不可能全身而退的——

不過，金的確信又再次被顛覆。對於踢碎地板向前突擊的幽靈奇美拉，庫法竟然連刀都沒用，用手掌從正面接招。

地板又在庫法的腳邊壯烈地碎開。但庫法本身文風不動。反倒是幽靈奇美拉的全身彎曲到了極限，從身體四處噴出鮮血。

事已至此，金激動地大喊：

「怎麼可能！能力值可是到達臨界點啦！人類不可能贏的！」

「到達臨界點嗎……」

回答的聲音彷彿從地獄響起似的冰冷無比。

「很遺憾，我可是——」

庫法緩緩抬起原本低著的頭。

他注視金的眼眸「轟！」一聲地迸出蒼藍火焰。

「突破了臨界點（Limit Break）啊。」

他握緊指尖。驚人的握力瞬間傳遍幽靈奇美拉的巨大身軀，隨後奇美拉從內側爆炸，大量血液四濺，臨死前的慘叫響徹玄關。

肉片飛散到臉頰上，但金連這點都無法意識到，往後倒退。

「什……麼……！」

庫法的腳步穩得讓人絲毫感覺不到他負傷，他橫跨大廳後，撿起自己滾落在地上的左手臂。他將斷面與肩膀貼合，然後一陣淡淡光芒包住傷口——

一瞬間後，便看見庫法若無其事地轉動著左肩的模樣。

「……嗚！」

金露出更加不敢置信的眼神，但事情還沒就這樣結束。

庫法接著用再生的的左手抓住金捲在他右手腕的繃帶，於是施加了強力咒法的那繃帶，就宛如紙屑還什麼一般地被撕破丟棄了。

超越人類極限的能力，感覺甚至像不死的再生能力，就連身為高階藍坎斯洛普的金的咒力（阿尼瑪），也絲毫不當一回事的壓倒性瑪那——不對。

「難道說，你那種力量是……！」

金總算想到了那個可能性，隨後——

庫法的髮絲從根部到髮尾瞬間染成純白，且伸長到肩膀。

犬齒變得宛如獠牙般尖銳，突出到紅色嘴唇前。

然後雙眼的眼球發出光芒，宛如猛獸般的殺機化為兩支弓箭，貫穿了金。

「這怎麼可能……為什麼……！」

LESSON V ~在臨界點的彼端~

蒼藍火焰宛如煉獄一般，從軍服的全身瘋狂呼嘯，同時爬過腳邊的絕對零度的氣息凍結住大廳。相反的兩種力量互相爭鬥，在中間點產生出駭人的壓力。

那實體讓金感到戰慄，他又往後退了兩三步。

「『吸血鬼（Vampire）』！藍坎斯洛普的最強種族為何會在這種地方！」

「……彼此彼此吧，屍人鬼。」

庫法以彷彿生鏽的鐵一般扭曲的聲音回答。

「我也是一半人類，是跟你類似的半吊子。」

「怎……怎麼回事……」

「我的母親是夜界出身，好不容易保住一條命來到弗蘭德爾時，她已經帶著年幼的我。我不知道父親的長相。之後不用我說，你也懂得吧？」

「……半吸血鬼！」

那麼——庫法興致索然似的這麼說道，邁出步伐。他每踏出一步，就噴射出彷彿會連地獄之門都融化掉的蒼藍火焰，令金全身顫抖不停。

「放心吧，我不會殺了你。既然境遇相似，何不好好相處呢？」

「什……什麼……？」

「你試著對擄來的梅莉達．安傑爾施行位階變異術，但在動手前，似乎是她的防衛本能發動了，雖然極為微弱，但顯現出疑似聖騎士的力量。因此幾乎可以確定梅莉達・安傑爾具備騎士公爵家的血統。」

「……唔！」

「與先一步來執行任務的庫法・梵皮爾協議的結果，判斷任務的目的已經達成，結論是應該放棄高死亡率的位階變異術。委託人應該充分考慮梅莉達・安傑爾的生死會對自身的立場有何影響，來思量今後的方針……」

庫法用力抓住金的頭，將臉湊到極近距離。

「這麼轉告你的委託人，懂了吧？」

「……明……明白了。」

「很好。」

庫法放開手，他一轉過身，便解除了吸血鬼化。他的外表變回原樣，能力值也位於人類的領域內。在內心沸騰的殺機緩緩平息下來。

呼——庫法冒著冷汗，喘了口氣。感覺龐大力量的代價是自我被吞食，庫法不怎麼喜歡變身成吸血鬼姿態。

「……我無法理解啊。」

背後傳來有些僵硬的聲音。

瑪那造成的蒼藍火焰奔流，與阿尼瑪造成的空間凍結，在那種壓力煙消霧散後，總算稍微冷靜下來的金浮現有些不快的表情。

「你真的打算把梅莉達・安傑爾培育成最強的戰士嗎……你明明是藍坎斯洛普。那小姑娘成長之後，被狩獵的說不定是你喔！」

「到時我會樂於奉上這顆頭的。」

庫法以平靜的聲音回答，撿起滾落在地板上的黑刀與刀鞘。

成長茁壯的她遲早會殺掉我嗎；抑或我會在那之前先捨棄她呢？

無論是怎麼的結局，我都會接受。因為──

「那就是我這個暗殺教師的誓約。」

庫法優雅地轉過頭，伴隨著微笑這麼斷言。

？？？？？

位階：吸血鬼

				AP	?????
HP	??????	MP	??????	敏捷力	????
攻擊力	????	防禦力	????		
		防禦支援	—		
攻擊支援	—				
思念壓力	???%				

主要技能／能力

???Lv??／???LvX／???Lv??／?????Lv??／????・???Lv??／????Lv??／???・?????／?・???／?????・????／????／??????／??・?????／?・???／?????・????

※超出規格外，無法測量。

HOMEROOM LATER

「咦～我看看……就這樣防範於未然地阻止了黎明戲兵團以卡帝納爾茲學教區為目標的恐怖活動，實行部隊除了隊長以外全數處分，幽靈奇美拉採集肉片作為樣本後，已經徹底消除。可喜可賀，可喜可賀……」

那男人從眼前的報告書抬起頭，「噗呼」地吐出香菸的煙霧。

「真是的，那傢伙……竟然沒經過申請就使用吸血鬼的力量。明明我們隊上原本就有一堆奇怪的傢伙，立場岌岌可危耶！又～是我要挨罵了嗎？」

男人粗魯地搔著一直放著長的頭髮，將香菸塞到桌上的煙灰缸捻熄。

那裡是他統率的騎兵團總部。

從旁觀看的話，是構造相當奇妙的房間。

馬賽克模樣的桌子，與兩張面對面的沙發。說到家具，只有一個細長的花瓶而已。插在花瓶裡的是理應不存在於自然界中的藍玫瑰。

四周有厚重的天鵝絨窗簾層層垂下，別說牆壁了，甚至連出入口也不曉得在哪裡。

無論光線或聲音，都徹底與外界隔絕的異樣空間——

雖然所在地是弗蘭德爾聖王區，但幾乎沒人知道他們的總部實際上位於何處，還有要走哪條路才能到達這個房間。

男人拿起幾張羊皮紙，遞給隔著一張桌子，坐在對面沙發上的人。

「那麼，關於這份報告書，如果是你會怎麼看？——『布拉克・馬迪雅』。」

那裡坐著一個穿得一身黑的嬌小人物。

包住細瘦全身的黑色軍服。鞋子是黑色的話，手套當然也是黑的。而且還將黑帽子壓得老低，將黑色衣領往上拉高。彷彿要徹底壓抑住自己這個存在一般，當然也沒有出聲回答男人的問題。

取而代之的，他寫下筆記。白色墨水在黑色記事本上流暢地點綴出文字。

『他在說謊。』

「哦……你為何這麼認為？」

黑衣人一邊確認男人的反應，同時寫下筆記給他看完後，又再寫一次給他看；重複著這樣的動作。

『這次的事件，沒辦法用單純的恐怖活動來解釋。』

『而且黎明兵團為何會找學教區下手？』

『莫爾德卿為何會事先撤離部隊？』
『還有他為什麼會隻身闖入敵人的巢穴？』
劈哩劈哩劈哩。一句一句被撕下來的黑色筆記堆積在桌上。
『他的報告乍看之下合理，但是——』
『正因如此，才有很多片段契合得太不自然。』
『簡直就像腳本家拚命想出來的劇情一樣。』
「也就是說，那傢伙違反了任務嗎……雖然有些難以置信。」
黑衣人注視撫摸著鬍鬚的男人，像是在思考似的歪頭想了一陣子。
流利寫上文字的筆記，被以充滿女孩味的動作遞了出來。
『關於這次的事，莫爾德卿說了什麼？』
「他表示『不知道不曉得』。真是的，每個傢伙都這樣……結果真相似乎只能靠自己摸索——所以今天才會找妳來啊，『布拉克・馬迪雅』。」
黑衣人有些訝異地朝反方向歪了歪頭。她不會寫沒有必要的事情。
男人拿出收在桌子底下的紙袋，隨便地扔到桌上。接過紙袋的黑衣人確認裡面的東西後，從帽子底下流露出略微驚訝的氣息。
雖然從男人的角度看不見，但紙袋裡裝著一整套女學生用的制服。

「我要給妳新的任務。聖弗立戴斯威德女子學院一到第二學期，每年都會與姊妹校舉辦交流會。也就是長相跟名字都不知道的其他學校女學生會大量進入聖域裡。妳就趁那個機會潛入同學院，與當事者梅莉達・安傑爾以及其家庭教師庫法・梵皮爾接觸，探查他們究竟在隱瞞什麼——妳別擔心，這無庸置疑地是很適合妳的工作喔。」

看不見真面目的黑衣人，在沙發上宛如人偶般僵硬了好一陣子。

之後，她用力抱緊紙袋一次，然後站起身。一隻手拿著黑色筆記。

『如果他「有罪」，可以動手嗎？』

「……妳真的是血氣方剛呢，到底是像到誰呢？」

『把我們養育成這樣的，是爸爸你喔。』

『我們「白夜」無論何時，都在尋求能盡全力一戰的對手。』

黑衣人放下最後的筆記，看似寶貝地抱著紙袋轉身離開。她將通過這房間不知位於哪裡的門，到外面的世界——前往「他」的身旁吧。

目送她離開的男人，「噗呼」地大口吐出香菸煙霧，將臉轉回前方……

「……好歹收拾一下再走吧。我們隊上的傢伙真的是每個都這樣——」

男人眺望被不祥的黑色筆記蓋滿的桌子，一臉厭倦地垂下肩膀。

桌子中央有黑衣人不知何時留下的一張話語。

『今後好像會有一場愉快的嘉年華。』

† † †

天空綻放著好幾個煙火。總是陰暗的天空，唯獨今晚有七色火焰增添色彩。樂團演奏著快活的音樂，四處可見的攤販洋溢著食物的味道，飄散著似乎會聞到反胃的濃郁空氣。可以看見手牽手漫步的情侶們，眼神閃閃發亮地到處逛的年幼兄妹，還有以溫暖視線在旁守護他們的家人身影——

在祭典中有自己的容身之處，原來是這麼美好的事情嗎？庫法感動不已。在閃亮舞動的光芒中，庫法彷彿要迷失自己時，從眼前傳來的不滿聲音將他的意識拉回現實。

「我不能接受耶。」

是蘿賽蒂。就連那看似不悅地蹙起眉頭的表情，倘若裱框再加上個標題，就能成為一副精彩畫作，實在是了不起。而且她無論是與庫法牽著的右手，或是貼在庫法手臂上的左手，還有流暢的舞步都優雅得教人著迷，所謂的無可挑剔就是這麼一回事。

愈來愈不能輸給她了——庫法這麼重新下定決心。

現在是頭環之夜正熱鬧的時刻，兩人在卡帝納爾茲學教區最熱鬧的王國廣場上跳著舞。周圍還有其他幾組情侶，包圍廣場的觀眾灑著花瓣，或是吹起口哨，炒熱祭典氣氛。

庫法不想輸給蘿賽蒂，優雅地帶領她跳舞。聽到蘿賽蒂這句話，庫法表示疑惑。

「不能接受是指？」

「就是昨天的綁票事件！不是很嚴重嗎？公爵家的千金們被擄走，可是個大事件呢。明明應該立刻通報騎兵團……為什麼要保密呢？」

庫法沒有停下舞步，「呼」地嘆了口氣。

「我確實地在進行調查喔，沒有必要特地做出會貶低公爵家威信的事情吧——而且我這邊已經事先採取了對策，至少愛麗絲小姐是不會有危險的吧。」

「不……不是那個問題啦……！」

「難得今天是頭環之夜，潑冷水就太不解風情了。」

「是說這種話的時候？況且根本不懂那些傢伙的目的究竟是——」

「蘿賽蒂小姐。」

庫法「嘰」地一聲停下舞步，用誠摯的眼眸注視著她。

「總之，請妳諒解。我不想做出向世人公布蘿賽蒂小姐的三園這種行為。」

「所以說你為什麼那麼清楚我的事情啊！」

「因為職業關係。」

庫法對蘿賽蒂露出笑容，於是她不滿地將怨言堆到鼓起的臉頰裡。有根小巧的手指從旁戳了戳蘿賽蒂纖細的腰。

「蘿賽老師，接著輪到我了。」

是愛麗絲・安傑爾，她穿著遊行那套清純且誘人的洋裝。蘿賽蒂慌忙地中斷舞步，將庫法的手確實交到愛麗絲手上。

「啊，嗯，差不多該換人了呢。那麻煩妳嘍！」

「包在我身上。」

在庫法還沒搞懂時，他下一個舞伴已經決定好了；但庫法當然也沒有異議。庫法配合跟梅莉達一樣嬌小的愛麗絲，緩緩地宛如波浪般重新跳起舞步。

轉啊轉地，妖精的洋裝在庫法的領導下搖曳翻動。

「能與妳共舞深感榮幸，愛麗絲小姐。我也一直想和妳慢慢聊。」

「嗯。」

「非常感謝妳願意遵守與梅莉達小姐的約定。小姐也十分開心。」

庫法這麼說道，於是寡言的愛麗絲臉頰染上紅暈。

愛麗絲此刻的身影已經不是妖精女王。特別訂製的洋裝昨天泡湯了，因此私底下商量好的宅邸女僕們，拿出了沒有送回學校的聖弗立戴斯威德的傳統洋裝。

愛麗絲以庫法不知會不會聽見的聲音，斷斷續續地說道：

「……老實說我也早就死心了。我一直以為莉塔大概不會參加遊行。但是你幫忙實現了我們的約定，所以我得向你道謝才行。」

「不，沒那回事，不敢當。」

「但是──」

愛麗絲的鞋子「嘰」地踩到庫法的鞋子，舞步中斷了。

雖說是貴族，但才十三歲的話，舞蹈笨拙也是情有可原。庫法泰然自若地露出微笑。

「請別放在心上。那麼，從下一段旋律的起頭開始……」

庫法跟著節拍再度跳起舞步，還跳不到幾步，庫法又被踩了一下。庫法毫不氣餒地再試一次。跳舞、被踩、跳舞、被踩、跳舞、被踩、被踩。

最後愛麗絲更是一直踩著庫法的鞋子，然後動也不動了。

「愛……愛麗絲小姐？」

「我最近又能跟莉塔聊很多事情了。」

「嗯，是啊，我知道。小姐和愛麗絲小姐在一起時，也是看來很開心似的……」

「沒錯。莉塔會很開心地──一直在說你的事情。像是老師說了這些話，或是跟老師做了這些事，還有老師露出了這種表情之類的。或是老師肌膚很漂亮還是好像會被他的眼眸吸進去還是他的聲音會撼動身體之類的滔滔不絕說個沒完……」

愛麗絲抬頭仰望庫法。她一如往常面無表情，沒有任何溫度，以彷彿會冰凍觀看者一般的視線貫穿庫法。

「聽說還發生了很多難為情的事情，那些是真的嗎？」

那些究竟是指哪些呢？

萬一搞錯答案，自己的立場就危險了；庫法認真地覺悟到自己可能會身敗名裂。

「老師，讓你久等了！」

就在這時，救贖的女神來到庫法與愛麗絲身邊。

是金色頭髮隨風搖曳的梅莉達・安傑爾。

她的洋裝當然與愛麗絲一樣，是聖弗立戴斯威德的傳統洋裝。

梅莉達一開始想搶先獨占庫法的手，但在歷經巡迴整座城市的遊行之後，她一下說「髮型亂掉了」，一下說「裝飾歪掉了」，挑剔起自己的裝扮；於是她暫時回到艾咪身邊整理儀容。

雖然庫法告訴梅莉達她那樣也十分漂亮，這是庫法理所當然的感想，不過——

「因為要跟老師跳舞，必須是最可愛的我才行！」

卻像這樣挨罵了。庫法覺得自己穿著一如往常的軍服，實在有點對不起梅莉達。

梅莉達對愛麗絲露出開朗的笑容。

「愛麗，謝謝妳幫我守住老師的手。」

「嗯，這是怎麼回事？」

庫法感到疑惑，於是梅莉達用有些傻眼的表情抬頭仰望庫法。

「……老師真是的，你沒注意到嗎？今天聖弗立戴斯威德的學生，都很想成為老師的舞伴而靜不下心喔？」

聽她這麼一說，庫法環顧周圍，確實有可愛的妖精們在廣場一隅不自然地群聚起來，她們注視著這邊，同時因為期待與焦躁扭動著身體。要是擔任她們每個人的舞伴，還沒跟最重要的梅莉達跳舞，就已經天亮了吧。

原來如此。紅髮女孩像是跟折返回宅邸的梅莉達換手一樣地突擊過來，比任何人都更快地緊握庫法的手，原來她的熱情中蘊含這樣的意圖嗎？事到如今，庫法才理解了這點。難怪她雖然發著牢騷，卻也沒有要放手的意思。

不過現在梅莉達回來了，這項任務也順利結束——庫法原本這麼認為。

不知何故，愛麗絲緊緊握住庫法的手，沒有要放開的意思。

「對不起，莉塔。我不能把這個人的手交給莉塔。」

「咦……為……為什麼？」

「因為我不想看到兩人牽手的樣子。」

「咦，什麼？」

梅莉達發出了怪異的哀號，她滿臉通紅，接著又臉色發白。

「換……換句話說，這表示愛麗絲也對老師……？那樣不行啦！絕對不行！」

「……唔。不然這樣吧。大家一起手牽手，像這樣圍成一圈。」

「那樣一點都不浪漫！這明明是我跟老師第一次跳舞！」

「——妳們兩人在吵什麼呀，真是的。」

彷彿想說看不下去的蘿賽蒂走近，從愛麗絲手上接過庫法的手，順勢跳起舞來。

「我幫妳們抓著他，妳們兩人好好商量到雙方都能接受吧。」

「太……太狡猾了！就算是蘿賽蒂大人，我也不能將那地方讓給妳！」

「莉塔，這也沒辦法，跟我跳舞吧。所謂識時務者為俊傑。」

「啊，真是的～！早知道這樣，就不該回宅邸的～～！」

前所未有的吵雜狀況讓庫法有些頭昏眼花，不知該當誰的舞伴才好。這種彷彿三名公主在爭奪派一樣的狀況，當然會引人注目……

「真是激烈的戰場呢！」

從觀眾那邊傳來有些類似歡呼的聲音。四人忽然停下動作，可以看見聖弗立戴斯威德的妖精們興奮地起鬨的模樣。

「安傑爾家的兩位小姐與一代侯爵在爭奪庫法大人呢！」

「這是女人賭上自尊的戰鬥呀！我在小說裡看過這種場景！」

「真是個大八卦呀！得趕緊告訴新聞社的人，立刻寫成一篇報導才行！」

「啊哇，啊哇哇哇……！」

這種完全沒經驗過的受矚目方式讓梅莉達陷入輕微恐慌。看到梅莉達碩大的瞳眸裡捲起混亂的漩渦，庫法判斷倘若身為元凶的自己不走，無論經過多久都沒完沒了。

話雖如此，也不能將身陷糾紛的主人就這樣棄之不顧。

「冒犯了，小姐。」

「咦？──呀啊！」

庫法輕鬆地橫抱起梅莉達，趁女學生們「啊！」地驚叫時轉身離開。就在庫法鑽過人潮離開廣場前，背後傳來格外尖銳的「「「呀啊〜〜〜！」」」的歡呼聲。

「老……老師！這樣之後要怎麼辯解才好啊！」

庫法才不管那些，因此他乾脆地無視梅莉達的抗議。

† † †

兩人來到沒人煙的高台，庫法才總算放開了梅莉達。

已經徹底放棄掙扎，宛如人偶一般被抱過來的梅莉達，腳一踏到地面，立刻羞得滿臉通紅，不斷揮拳敲打著庫法。

「真是，真是，真是的～！老師應該再多學學怎麼對待淑女！」

「哎呀，失禮了。因為個頭太矮，我沒看見那位淑女。」

庫法這麼裝傻，於是梅莉達不滿地鼓起臉頰並噘嘴。

「跟老師在一起，總會有一堆讓我胸口小鹿亂撞的事情。這種情況還是有生以來第一次！」

「我才是呢，與小姐相遇後，內心經常小鹿亂撞，這是我人生中前所未有的經驗喔。」

「老師也是？」

梅莉達像是感到出乎意料似的瞪大了眼。庫法肯定地點頭回應。

倘若沒有與她相遇，無論是以前或今後，庫法都不會有想違反任務的念頭吧。打從

第一眼看見她的那瞬間起，庫法沾滿血腥的世界便開始染上鮮豔的色彩。那顏色每天都會變換姿態，萌生全新的花朵，這讓庫法大吃一驚。

——我指導她生存之術，同樣地也從她身上學到許多事情。

我就來見證那將會帶來什麼吧，與這個「無能才女」的未來一起。

直到我親手了結她的生命那天——……

就在這時，響起「砰」的宏亮聲響，天空染成了七彩顏色。

頭環之夜接近最高潮，煙火盛大地綻放著。從這個高台能將街道一覽無遺，可以看見篝火宛如燈會一般舞動著。人們的歌聲與笑聲彷彿波浪般湧現又遠去。

對照之下，庫法與梅莉達的周圍十分陰暗。梅莉達像是要將羞澀隱藏在黑暗中一般，悄悄依偎到庫法身旁，與庫法十指交握。

「噯，老師。老師願意當我的老師直到何時呢？」

「妳怎麼突然這麼問呢？」

「昨天看到老師戰鬥的場面，我覺得老師跟笨拙的我立足點截然不同，我們在一起這件事，其實很不自然吧？」

梅莉達彷彿仍像是廢物時那樣地吐露著，「但是——」她抬起頭。

「但是我想永遠跟老師在一起！就算現在我對老師而言還是『小淑女（Little Lady）』，但總有一天，我一定會成為夠格站在老師身旁的『淑女（Lady）』給你看！所以……那個，呃……希……希望老師可以等我。」

明明幹勁十足地說了出口，梅莉達卻像是對不小心說溜嘴的話感到害羞似的低下頭。庫法凝視著臉頰泛紅的主人，面帶微笑地輕輕單膝跪地。

庫法更用力握緊交扣的指尖，於是梅莉達濕潤的瞳眸映照著庫法。

「請放心，小姐。我就是為此而存在的。我會帶領小姐到遠比這裡更高的境界。小姐什麼都不用擔心，因為——」

砰——煙火在天上綻放。劈開夜晚的七色光芒，宛如祝福一般從天而降。

「因為妳是我自傲的學生（Assassin's Pride）啊。」

後記

有年齡差距的戀愛真棒呢。

尤其是教師跟學生，更是禁忌的戀情。畢竟「教師」是應該尊敬的對象，專情的學生光是因為這點，就會完全信任教師。即使偶爾會有稍微不合理的指導，認為「既然是老師說的話」就會全盤接受的學生，實在可愛得沒話說呢。

而且假如那個對象，對學生而言是愛慕的男性，自然會更加仰慕他。

雖然本作品的教師在另一方面，笑容底下心懷鬼胎就是了……

各位讀者幸會，我是天城ケイ。

這次在第二十八屆Fantasia大賞中，我不知何故榮獲了「大賞」。本作品《刺客守則 暗殺教師與無能才女》，是將投稿原稿修改增添過的內容。

給閱讀到這邊的讀者：您覺得本作品如何呢？希望您能再奉陪幾頁，看看作者的閒聊。

然後，給「先來看看後記寫些什麼吧！」而正在書店站著看的讀者：就算作者是個無聊的人……慢點！要放下書還太早了。

如果對這本書的價值感到疑問，請先翻開一開始那幾頁……故事的序章可以慢點再看，請欣賞一下七彩繽紛的彩頁插圖吧。您一定會萌生想把本書拿到櫃臺結帳的念頭才對。

那麼，關於這篇長達好幾頁的後記，我很迷惘到底該寫什麼。因為承蒙了許多人關照，我想這邊就用來寫滿給各位的謝詞。而且是難得的出道作嘛。

首先給 Fantasia 文庫的責編大人：

非常感謝您總是給予我確實的指導。責編大人為了讓作品更加閃耀發光，嚴格地給予我指導磨練。對於責編大人高明的手腕，作者只能謙卑地感到敬佩。

不只是單純地針對劇情展開，在視覺設計方面也會給予最適切的建議，這就是責編大人厲害的地方。「庫法的衣服這麼設計吧。」「梅莉達的髮型這樣弄。」「封面插圖大概是這種印象。」就彷彿魔法一般，責編大人接連不斷地提出點子，相對的我只是一直點頭回答：「好的，說得也是呢。」「這點子不錯呢。」「我也這麼認為！」我在反省了。

然後是把責編大人的點子，還有我草率的腦內影像設計得鮮明無比的插畫家ニノモトニノ老師。

得知老師願意接下插圖工作時，我真的是欣喜若狂。然後實際請老師設計的庫法和梅莉達等人，那帥氣程度和可愛模樣，實在教人佩服得五體投地。

因為女主角們實在太吸引人，我忍不住貪心起來，「胸部剛要發育的狀態是最理想的！」「纖細身軀與豐滿大腿的矛盾對比是最棒的！」像這樣發揮了讓人有點不敢領教的堅持，如今也成了美好的回憶（翻譯：我在反省了）。

就現況來說，相對於無可挑剔的插圖，我笨拙的文章反倒扯了後腿；但只有一丁點也好，我會努力修練文筆，成為與插畫相稱的作家。

接著是 Fantasia 文庫的總編輯大人。

謝謝您好幾次打電話給我，能與您攀談深感光榮。

接到得獎通知時如果能像個諧星那樣做出更愉快的反應就好了，我卻只能做出：「咦?喔，大賞是嗎？」這種好像「那還真厲害呢——」一樣愚蠢的回應，真的是非常抱歉。我在反省了。

能在富有信譽的 Fantasia 文庫出道，我感到非常開心。

從事第二十八屆 Fantasia 大賞評審工作的各位相關人士，以及各位評審委員：承蒙各位發掘這本拙作，不僅如此，還推薦本書獲得「大賞」，實在非常感謝。雖然一直感到很不安，覺得由我獲得大賞真的好嗎？希望我能以作家的身分逐漸成長，有一天能抬頭挺胸地面對各位給我的評語。

關於本作品的出版，就我所知的範圍，還有更深入的部分，真的是承蒙許多人盡力協助。再次由衷地感謝各位相關人士，今後也請多多關照。

然後是願意閱讀到最後一頁的各位讀者。

感謝您的閱讀。再次請教您覺得本作品如何呢？

倘若覺得無聊，請您哼笑一聲忘了本書。倘若看得不是很懂，請儘管感到傻眼。

如果能讓您有一點中意，將令我喜出望外！如果您能將這最後一頁連接到下一頁，就沒有比這更令我幸福的事情了。

正在書店站著看本書的讀者……現在一定已經衝向櫃臺了吧。看到外觀這麼優美的小說，一定會深信文章也充滿奇幻風格吧。嘿嘿。

……對不起，我在反省了。

那麼，讓作者反省的專欄也告一段落了，我想就閒聊到這邊。

但願能以「可喜可賀，可喜可賀」來總結庫法與梅莉達的故事。

希望能有更多讀者從旁守護他們的未來。

那麼，下集再會吧。

天城ケイ

Kadokawa Light Novels

其實，原本只要那樣就好了

Kadokawa Fantastic Novels

作者：松村涼哉　插畫：竹岡美穗

被喚為惡魔的少年菅原拓娓娓道來，
揭露令眾人驚愕的真相——

某所國中的男學生K自殺身亡，留下一封遺書寫著「菅原拓是惡魔」。起因據說是包括K在內的四名學生受到菅原拓的霸凌。然而菅原拓在學校是最底層的不起眼學生，K則是深受愛戴的天才少年，加上霸凌事件沒有任何目擊者，使得整起案件疑點重重。

台灣角川

NT$180/HK55

Kadokawa Light Novels

為了拯救世界的那一天 －Qualidea Code－ 1 待續

Kadokawa Fantastic Novels

作者：橘公司（Speakeasy） 插畫：はいむらきよたか

為了暗殺身為人類希望的少女，少年展開了調查行動!?

西元二〇四九年，人類與突然現身的神祕敵人〈UNKNOWN〉開始無止境的戰爭。紫乃宮晶轉學至防衛都市之一——神奈川的學園，目的是暗殺神奈川排行第一的天河舞姬。為了了解舞姬的一切，紫乃的觀察行動開始了!?新世代Boy Stalking Girl！

NT$220/HK$68

台灣角川

Kadokawa Comics Illustration ——

約會大作戰DATE A LIVE 官方極祕解說集

Kadokawa Comics Illustration

編輯：Fantasia文庫編輯部　原作：橘公司　插畫：つなこ

《約會大作戰》官方解說集登場！
各式檔案＆新故事＆創作祕辛滿載！

精靈們的能力值和天使設定，還有揭發少女祕密的隱私情報即將公開。徹底介紹登場角色，甚至是只有在短篇裡登場的人物！還有橘公司×つなこ對談等創作祕辛，更完整收錄第０集小故事等難以入手的三篇短篇，以及在本書才看得到的新創作小說！

台灣角川

NT$230/HK$70

國家圖書館出版品預行編目資料

刺客守則. 1 : 暗殺教師與無能才女 / 天城ケイ作 ;
一杞譯. -- 初版. -- 臺北市 : 臺灣角川, 2016.12
面 ;　公分
譯自 : アサシンズプライド : 暗殺教師と無能才女
ISBN 978-986-473-438-2(平裝)

861.57　　105020308

Kadokawa
Fantastic
Novels

刺客守則 1
暗殺教師與無能才女

（原著名：アサシンズプライド 暗殺教師と無能才女）

2016年12月26日 初版第1刷發行
2019年4月10日 初版第3刷發行

作　　者：天城ケイ
插　　畫：ニノモトニノ
譯　　者：一杞

發 行 人：岩崎剛人
總 經 理：楊淑媄
資深總監：許嘉鴻
總 編 輯：蔡佩芬
編　　輯：陳書萍
美術設計：陳晞叡
印　　務：李明修（主任）、黎宇凡、潘尚琪

發 行 所：台灣角川股份有限公司
地　　址：105台北市光復北路11巷44號5樓
電　　話：（02）2747-2433
傳　　真：（02）2747-2558
網　　址：http://www.kadokawa.com.tw
劃撥帳戶：台灣角川股份有限公司
劃撥帳號：19487412
法律顧問：有澤法律事務所
製　　版：巨茂科技印刷有限公司
ISBN：978-986-473-438-2